O HOMEM QUE FOI QUINTA-FEIRA

UM PESADELO

Título Original: *The Man Who Was Thursday*
Copyright © Editora Lafonte Ltda. 2024

Todos os direitos reservados.
Nenhuma parte deste livro pode ser reproduzida por quaisquer meios existentes sem autorização por escrito dos editores e detentores dos direitos.

Direção Editorial	**Ethel Santaella**
Tradução	**Ciro Mioranza**
Revisão	**Rita Del Monaco**
Diagramação e capa	**Marcos Sousa**

Dados Internacionais de Catalogação na Publicação (CIP)
(Câmara Brasileira do Livro, SP, Brasil)

```
Chesterton, G. K., 1874-1936
   O homem que foi quinta-feira : um pesadelo /
G. K. Chesterton ; tradução Ciro Mioranza. --
São Paulo : Lafonte, 2024.

   Título original: The man who was thursday.
   ISBN 978-65-5870-525-3

   1. Anarquismo na literatura 2. Ficção inglesa
3. Londres (Inglaterra) - Ficção 4. Mistério
I. Título.

24-199142                                CDD-823
```

Índices para catálogo sistemático:

1. Ficção : Literatura inglesa   823

Aline Graziele Benitez - Bibliotecária - CRB-1/3129

Editora Lafonte

Av. Profª Ida Kolb, 551, Casa Verde, CEP 02518-000, São Paulo-SP, Brasil – Tel.: (+55) 11 3855-2100
Atendimento ao leitor (+55) 11 3855-2216 / 11 3855-2213 – atendimento@editoralafonte.com.br
Venda de livros avulsos (+55) 11 3855-2216 – vendas@editoralafonte.com.br
Venda de livros no atacado (+55) 11 3855-2275 – atacado@escala.com.br

G. K. CHESTERTON

TRADUÇÃO
CIRO MIORANZA

BRASIL, 2024

Lafonte

ÍNDICE

- 7 • PARA EDMUND CLERIHEW BENTLEY
- 11 CAPÍTULO I • OS DOIS POETAS DE SAFFRON PARK
- 24 CAPÍTULO II • O SEGREDO DE GABRIEL SYME
- 34 CAPÍTULO III • O HOMEM QUE FOI QUINTA-FEIRA
- 47 CAPÍTULO IV • A HISTÓRIA DE UM DETETIVE
- 59 CAPÍTULO V • A FESTA DO MEDO
- 69 CAPÍTULO VI • O DESMASCARAMENTO
- 79 CAPÍTULO VII • A INEXPLICÁVEL CONDUTA DO PROFESSOR DE WORMS
- 89 CAPÍTULO VIII • O PROFESSOR EXPLICA
- 104 CAPÍTULO IX • O HOMEM DOS ÓCULOS
- 122 CAPÍTULO X • O DUELO
- 140 CAPÍTULO XI • OS CRIMINOSOS PERSEGUEM A POLÍCIA
- 150 CAPÍTULO XII • A TERRA EM ANARQUIA
- 169 CAPÍTULO XIII • A PERSEGUIÇÃO AO PRESIDENTE
- 183 CAPÍTULO XIV • OS SEIS FILÓSOFOS
- 197 CAPÍTULO XV • O ACUSADOR

Para Edmund Clerihew Bentley

Uma nuvem pairava sobre a mente dos homens, e lamentando passava o tempo.

Sim, uma nuvem doentia pairava sobre a alma quando éramos meninos.

A ciência anunciava a nulidade, e a arte admirava a decadência;

O mundo estava velho e acabado: mas você e eu éramos alegres;

Ao nosso redor, em estranha ordem, vieram seus trôpegos vícios...

A luxúria que perdera o riso, o medo que perdera a vergonha.

Como a mecha branca na tela de Whistler[1], que iluminava nossa escuridão sem rumo,

Os homens exibiam as próprias penas brancas tão orgulhosamente quanto uma pluma.

A vida era uma mosca que morria, e a morte um zangão que picava;

O mundo era realmente muito velho quando você e eu éramos jovens.

---

1 James McNeill Whistler (1834-1903), pintor norte-americano radicado na Inglaterra. (N.T.)

Eles distorciam até mesmo o pecado decente em formas que não podem ser citadas;

Os homens tinham vergonha da honra; mas nós não tínhamos vergonha.

Por mais fracos e tolos que fôssemos, nem assim falhamos, nem assim;

Quando aquele Baal negro bloqueou os céus, não recebeu nossos hinos de louvor

Por mais crianças que fôssemos... nossos castelos de areia eram tão fracos quanto nós;

Por mais altos que fossem, nós os empilhávamos para vencer aquele mar traiçoeiro.

Tolos como éramos nas vestes de bufões, enfrentando tudo até o absurdo,

Quando os sinos das igrejas silenciavam, nossas algazarras de palhaços ecoavam estrondosas.

Nem totalmente desamparados mantivemos o castelo, de bandeirolas desfraldadas;

Alguns gigantes trabalhavam naquela nuvem para levá-la do mundo.

Reencontro o livro que encontramos, sinto a hora que voa

Lá longe, na distante Paumanok, alguns clamam por coisas melhores;

E o cravo verde murchou, como nos incêndios que varrem as florestas,

Rugiam ao vento de todo o mundo dez milhões de folhas de grama;

Ou sadias, doces e súbitas como um pássaro canta na chuva...

De Tusitala[2] veio a verdade, e da dor veio o prazer.

Sim, fresco e claro e repentino como um pássaro canta na névoa,

Dunedin[3] falou a Samoa, e a escuridão ao dia.

Mas nós éramos jovens; vivemos para ver Deus quebrar seus sinistros encantos.

Deus e a boa República voltam céleres e armados:

Vimos a Cidade de Mansoul[4], mesmo enquanto balançava, aliviada...

Bem-aventurados os que não viram, mas que, sendo cegos, acreditaram.

Este é um conto daqueles velhos medos, mesmo daqueles infernos vazios,

E ninguém além de você haverá de entender o que há de verdade nisso tudo...

Que colossais deuses da vergonha poderiam intimidar os homens e ainda assim cair,

Que demônios enormes esconderam as estrelas, ainda que caindo em segundos.

As dúvidas que eram tão fáceis de eliminar, tão terríveis de suportar...

Oh, quem poderá entender senão você; sim, quem poderá entender?

As dúvidas que nos guiaram durante a noite enquanto conversávamos,

---

2 Termo da língua da ilha de Samoa, *tusitala* é uma espécie de aranha saltadora. (N.T.)
3 Dunedin é uma cidade da Nova Zelândia. (N.T.)
4 De um romance de John Bunyan (1628-1688), escritor inglês, que trata de uma guerra santa para reconquistar a cidade de Mansoul. (N.T.)

E o dia havia raiado nas ruas sempre que raiava no cérebro.

Entre nós, pela paz de Deus, tal verdade pode agora ser dita;

Sim, há força em lançar raízes e um benefício em envelhecer.

Finalmente encontramos coisas comuns, o casamento e um credo,

E posso escrevê-lo com segurança agora, e você, com segurança, pode lê-lo.

G. K. C.

CAPÍTULO I

OS DOIS POETAS DE SAFFRON PARK

O subúrbio de Saffron Park ficava a oeste de Londres, vermelho e esfarrapado como uma nuvem do crepúsculo. Construído, de ponta a ponta, em tijolo vermelho, seu perfil era fantástico, apesar de sua planta baixa tosca e rude. Tinha sido o rasgo de genialidade de um construtor especulativo, levemente tingido de arte, que chamava essa arquitetura por vezes de estilo elisabetano[5] e outras vezes o da época da rainha Anne[6], deixando transparecer a impressão de que as duas soberanas eram uma só e mesma pessoa. Era descrito, com alguma justiça, como uma colônia artística, ainda que nunca se tivesse realmente produzido ali arte alguma. Mas embora suas pretensões de se tornar ou de ser um centro intelectual fossem um pouco vagas, suas pretensões de ser realmente um lugar agradável eram indiscutíveis.

O estranho que visse pela primeira vez as pitorescas casas vermelhas só podia pensar que mais estranhas ainda deveriam ser as pessoas que nelas residiam. Nem haveria de ficar desapontado quando chegasse a conhecer essas pessoas. O lugar não era apenas agradável, era até mesmo perfeito, desde que não o visse como uma decepção, mas sim como um sonho.

---

5 Elizabeth I (1533-1603), rainha da Inglaterra de 1558 a 1603. (N.T.)
6 Anne (1665-1714), rainha da Inglaterra de 1702 a 1707. (N.T.)

Mesmo que os habitantes não fossem "artistas", o conjunto, no entanto, era artístico. Aquele jovem de longo cabelo ruivo e rosto insolente... aquele rapaz talvez não fosse realmente um poeta; mas certamente era um poema. Aquele velho cavalheiro de barba branca desgrenhada e de chapéu branco amarrotado... esse venerável farsante não era realmente um filósofo; mas, pelo menos, provocava filosofia nos outros. Aquele cientista de cabeça calva como um ovo e de pescoço de ave, comprido e depenado, não tinha direito aos ares de cientista que assumia. Não havia descoberto nada de novo em biologia; mas que criatura biológica poderia ele ter descoberto mais singular do que ele próprio?

Assim, e apenas assim, é que o local em si tinha de ser adequadamente visto; tinha de ser considerado não tanto como uma oficina de artistas, mas como uma obra de arte frágil, mas acabada. Quem entrasse em sua atmosfera social logo se sentia como se tivesse entrado no enredo de uma comédia.

De modo particular, essa atraente irrealidade caía sobre esse local ao anoitecer, quando os telhados extravagantes apareciam escuros contra o crepúsculo e toda aquela insana aldeia parecia tão isolada quanto uma nuvem à deriva. Isso era mais realista nas muitas noites de festejos locais quando os pequenos jardins estavam frequentemente iluminados e as grandes lanternas chinesas brilhavam dependuradas em pequenas árvores como monstruosas frutas silvestres.

E isso foi bem mais realista numa noite em particular, ainda vagamente lembrada na localidade, na qual o poeta de cabelos ruivos foi o herói. Não tinha sido, de forma alguma, a única noite em que ele havia sido o herói. Em muitas outras, aqueles que passavam pelo pequeno jardim dos fundos de sua casa podiam ouvi-lo, com sua voz alta e didática, ditando a lei aos homens e sobretudo às mulheres.

A atitude das mulheres nesses casos era, de fato, um dos paradoxos do lugar. A maioria delas fazia parte da espécie das assim chamadas emancipadas, que costumava protestar contra a supremacia masculina. Essas mulheres modernas, no entanto, se predispunham sempre a lisonjear de forma extravagante um homem como nenhuma mulher jamais o faria... assim o ouviam apregoar.

E o sr. Lucian Gregory, o poeta ruivo, era realmente (em certo sentido) um homem que merecia ser ouvido, mesmo que, no fim, fosse só para rir. Defendia a velha teoria da indisciplina da arte e a arte da indisciplina com certo insolente aspecto que, pelo menos, propiciava prazer momentâneo. Muito o ajudava, na realidade, a cativante estranheza de sua aparência, que ele cultivava com o maior esmero possível. Trazia sempre seu cabelo vermelho-escuro repartido ao meio, literalmente como o de uma mulher, caindo em generosos cachos, como os de uma virgem num quadro pré-rafaelita[7]. De dentro dessa moldura oval quase sacra, no entanto, projetava-se subitamente um rosto largo e brutal, de queixo proeminente e com um olhar de desprezo próprio do submundo de Londres. Essa combinação excitava e ao mesmo tempo aterrorizava os nervos daquela população de neuróticos. Ele parecia uma blasfêmia ambulante, uma mistura de anjo e macaco.

Essa noite em particular, se não for relembrada por nada mais, será lembrada nesse lugar por seu estranho pôr do sol. Parecia o fim do mundo. Todo o céu estava coberto de uma plumagem quase viva e palpável. Poder-se-ia dizer que o céu estava repleto de penas, e de penas que chegavam quase a roçar o rosto. A maior parte da abóboda celeste era cinzenta, com as mais estranhas tonalidades de violeta e lilás e de um rosa não natural ou verde pálido. Para os lados do ocidente, porém, seu conjunto se tornava indescritível, transparente e vívido, e as últimas plumas incandescentes cobriam o sol como algo demasiado bom para ser visto. Tudo isso estava perto demais da terra para expressar outra coisa que não fosse um segredo violento. O próprio firmamento parecia ser um segredo. Expressava

---

7 A Irmandade Pré-Rafaelita era o designativo de um grupo artístico, fundado na Inglaterra em 1848, voltado especialmente à pintura, que surgiu como reação à arte acadêmica e pretendia devolver às manifestações artísticas a pureza de que gozavam no período medieval. (N.T.)

aquela esplêndida pequenez que é a alma do bairrismo. O próprio céu parecia pequeno.

Acredito que deve haver alguns habitantes que podem se lembrar dessa noite, mesmo que fosse apenas por aquele céu opressivo. Haverá outros que podem se recordar porque marcou a primeira aparição, nesse lugar, do segundo poeta de Saffron Park.

Por muito tempo, o revolucionário de cabelo vermelho reinou sem rival. Foi na noite daquele pôr do sol que, subitamente, sua hegemonia terminou. O novo poeta, que se apresentou com o nome de Gabriel Syme, era um mortal de aspecto muito meigo, de barba loira pontiaguda e de cabelo loiro claro. Mas logo se difundiu a impressão de que não era tão tímido quanto parecia. Marcou sua entrada no círculo discordando de Gregory, o poeta consagrado, a respeito de toda a natureza da poesia. Dizia que ele (Syme) era poeta da lei, poeta da ordem; mais ainda, dizia que era um poeta de respeitabilidade. Por isso todos os habitantes de Saffron Park olhavam para ele como se tivesse caído, naquele mesmo momento, daquele céu impossível.

E, de fato, o sr. Lucian Gregory, o poeta anárquico, se apressou em conectar os dois eventos.

– Pode muito bem ser – disse ele, em seu súbito jeito lírico –, pode muito bem ser que, numa noite de nuvens e de cores selvagens, surja na terra semelhante portento, um poeta respeitável. Você diz que é um poeta da lei; eu digo que você é uma contradição em termos. Só me admira que não houvesse cometas e terremotos na noite em que você apareceu nesse jardim.

O homem dos meigos olhos azuis e da loira barba pontiaguda suportou essas trovoadas com certa solenidade submissa. O terceiro elemento do grupo, a irmã de Gregory, Rosamond, de cabelo cacheado e ruivo como o irmão, mas de um rosto mais gentil, riu com um misto de admiração e de desaprovação, que comumente conferia ao oráculo da família.

Gregory retomou a conversa em alto e eloquente bom humor.

– Um artista é a mesma coisa que um anarquista – exclamou ele. – Você pode repropor as duas palavras como quiser. Um anarquista é um artista. O homem que joga uma bomba é um artista, porque prefere um grande momento a tudo. Percebe que uma explosão de luz resplandecente e um belo e perfeito estrondo valem muito mais que meros corpos comuns de uns poucos policiais desfigurados. Um artista desrespeita todos os governos, suprime todas as convenções. O poeta só se deleita com a desordem. Se assim não fosse, a coisa mais poética do mundo seria o metrô subterrâneo.

– E assim é – replicou o sr. Syme.

– Bobagem! – exclamou Gregory, que era muito racional quando qualquer outra pessoa tentava paradoxos. – Por que todos os funcionários e empregados nos trens parecem tão tristes e cansados, sempre tão tristes e tão cansados? Vou lhe contar. É porque sabem que o trem está indo direto a seu destino. É porque sabem que os passageiros chegarão ao local para o qual adquiriram a passagem. É porque, depois de passar pela estação Sloane Square, sabem que a estação seguinte deve ser Victoria, e nenhuma outra senão Victoria. Oh, que êxtase infindo! Oh, como haveriam de brilhar como estrelas seus olhos e como suas almas haveriam de retornar ao Éden, se a estação seguinte fosse, inexplicavelmente, Baker Street!

– É você que não é poético – replicou o poeta Syme. – Se o que diz sobre os funcionários for verdade, é porque eles só podem ser tão prosaicos quanto sua poesia. O raro e estranho é atingir o alvo; vulgar e óbvio é não atingi-lo. Achamos épico quando o homem com uma flecha atinge um pássaro distante. Não é também épico quando um homem com uma máquina atinge uma estação distante? O caos é monótono; porque no caos o trem pode de fato ir a qualquer lugar, para Baker Street ou para Bagdá. Mas o homem é um mágico, e toda a sua magia está nisso, que ele diz Victoria, e eis que é Victoria! Pois então, fique com seus livros de mera prosa e poesia; que eu vou ler, com lágrimas de orgulho, um guia de horário de trens. Tome seu Byron[8], que comemora as derrotas do homem; e dê-me Bradshaw[9], que comemora suas vitórias. Prefiro Bradshaw, estou lhe dizendo!

– Você tem de ir embora? – perguntou Gregory, sarcasticamente.

– Eu lhe digo – continuou Syme, com veemência – que toda vez que um trem chega, sinto que ele passou por baterias de sitiantes e que o homem venceu uma batalha contra o caos. Você diz com desdém que, ao deixar Sloane Square, a gente deve chegar depois a Victoria. Eu lhe digo que, em vez disso, mil coisas poderiam ser feitas, e que, sempre que eu realmente chego lá, tenho a sensação de ter escapado por um fio de cabelo. E quando ouço o guarda gritar a palavra "Victoria", não é uma palavra sem sentido. É para mim o grito de um arauto anunciando a conquista. É para mim realmente "Vitória"; a vitória de Adão.

Gregory balançou sua pesada cabeça ruiva com um sorriso lento e triste.

– E mesmo assim – disse ele –, nós, poetas, sempre perguntamos: "e o que é *Victoria* agora que chegou lá?" Você acha que *Victoria* é como a Nova Jerusalém. Sabemos que a Nova Jerusalém será apenas como *Victoria*. Sim, o poeta ficará descontente até nas ruas do céu. O poeta está sempre revoltado.

– Aí estamos nós, de novo! – exclamou Syme, irritado. – O que há de poético em estar revoltado? Você poderia dizer, de igual modo, que é poético ficar enjoado. Estar doente é uma revolta. Tanto estar doente quanto ser rebelde pode ser saudável em certas ocasiões desesperadoras; mas que o diabo me carregue se conseguir perceber porque isso é poético. Revolta em abstrato é... revoltante. É mero vômito.

A garota estremeceu ao ouvir palavra tão desagradável, mas Syme estava empolgado demais para prestar atenção nela.

---

8 George Gordon Byron, conhecido como Lord Byron (1788-1824), poeta inglês, uma das figuras mais destacadas do romantismo. (N.T.)
9 Bradshaw era um guia de ferrovias e de horários de trens que começou a ser publicado em 1839 e continuou sendo atualizado e publicado até 1961. (N.T.)

– As coisas correndo bem, como devem, isso é poético! – exclamou ele. – Nossas digestões, por exemplo, fluindo sagrada e silenciosamente certas, esse é o fundamento de toda poesia. Sim, a coisa mais poética, mais poética que as flores, mais poética que as estrelas... a coisa mais poética do mundo é não estar doente.

– Realmente – disse Gregory, desdenhosamente –, que exemplos você escolhe...

– Perdão – disse Syme, severo. – Esqueci que havíamos abolido todas as convenções.

Pela primeira vez, uma mancha vermelha apareceu na testa de Gregory.

– Você não espera – disse ele – que eu, nesse jardim, pretenda revolucionar a sociedade?

Syme fitou-o diretamente nos olhos e sorriu com meiguice.

– Não, não é o que espero – disse ele. – mas suponho que, se você levasse a sério seu anarquismo, era exatamente isso o que faria.

Os grandes olhos de touro de Gregory piscaram de repente como os de um leão furioso, e quase se podia imaginar que sua cabeleira ruiva haveria de se eriçar.

– Você acha, então – disse ele, com voz ameaçadora – que não sou sério com relação a meu anarquismo?

– Perdão, o que quer dizer? – disse Syme.

– Meu anarquismo é ou não é sério? – gritou Gregory, de punhos fechados.

– Meu caro companheiro! – disse Syme, e foi se afastando.

Com surpresa, mas com um curioso prazer, viu que Rosamond Gregory o acompanhava

– Senhor Syme – disse ela –, as pessoas que falam como você e meu irmão costumam ser sinceras no que dizem? Você é sincero no que diz agora?

Syme sorriu.

– E você? – perguntou ele.

– O que quer dizer? – perguntou a garota, por sua vez, com olhar sério.

– Minha querida srta. Gregory – disse Syme, afavelmente. – Existem muitas espécies de sinceridade e de insinceridade. Quando lhe passam o saleiro e você diz "muito obrigada", você é sincera no que diz? Não. Quando você diz "o mundo é redondo", é sincera no que diz? Não. É uma verdade, mas você não a profere com plena consciência. Ora, às vezes um homem como seu irmão descobre algo que realmente quer dizer com toda a sinceridade. Pode ser apenas uma meia verdade, um quarto de verdade, um décimo de verdade; mas então ele diz mais do que pretende... por pura força de querer dizer isso.

Ela o fitava sob as sobrancelhas niveladas, de rosto grave e aberto e havia baixado sobre ela a sombra daquela responsabilidade irrefletida, que está no mais recôndito íntimo da mulher mais frívola, o instinto materno que é tão antigo quanto o mundo.

– Então ele é realmente um anarquista? – perguntou ela.

– Só no sentido de que lhe falei – replicou Syme. – Ou, se preferir, nessa falta de sentido.

Ela franziu as largas sobrancelhas e disse abruptamente:

– Ele não usaria realmente... bombas ou qualquer coisa semelhante?

Syme soltou uma bela gargalhada, que parecia excessiva para sua figura esguia e um tanto elegante.

– Meu bom Deus, não! – disse ele. – Isso tem de ser feito anonimamente.

E com isso os cantos da boca da moça se abriram num sorriso e pensou com prazer ao mesmo tempo no absurdo de Gregory e na segurança dele.

Syme caminhou com ela até um banco no canto do jardim e continuou a despejar suas opiniões, porquanto era um homem sincero e, apesar de seus ares e graças superficiais, no fundo era um humilde. E é sempre o humilde que fala demais; o homem orgulhoso se observa a si mesmo constantemente. Defendeu a respeitabilidade com violência e exagero. Empolgou-se em seus elogios à ordem e ao decoro. Durante o tempo todo havia um cheiro de violetas a seu redor. Por momentos, ouviu bem fraco, em alguma rua distante, um realejo tocar e parecia-lhe que suas heroicas palavras seguiam uma suave melodia vinda das profundezas ou de mais além do fim do mundo.

Ele ficou falando e olhando para o cabelo ruivo e o rosto divertido da garota durante, segundo lhe pareceu, alguns minutos; e então, pressentindo que os grupos nesse lugar deveriam se misturar, levantou-se. Para seu espanto, descobriu que o jardim estava deserto. Todos tinham partido fazia tempo e ele fez o mesmo, depois de um pedido de desculpas bastante apressado. Saiu com uma sensação de que bebera champanhe e lhe subira à cabeça, coisa que mais tarde não conseguiu explicar.

Nos estranhos acontecimentos que se seguiriam, essa garota não teve participação alguma. Não chegou nem mesmo a vê-la até o fim de toda essa história. E, no entanto, de alguma forma indescritível, ela continuou a lhe aparecer, como um motivo musical, através de todas as suas loucas aventuras que foram se sucedendo, e a auréola do estranho cabelo dela corria como um fio vermelho por aquelas cenas escuras e imprecisas da noite. Isso porque o que se seguiu foi tão improvável que poderia muito bem ter sido um sonho.

Quando Syme saiu para a rua, iluminada pelas estrelas, encontrou-a, de momento, vazia. Então percebeu (de forma um tanto estranha) que o silêncio era mais um silêncio vivo do que morto. Do lado de fora da porta havia um poste de luz, cujo brilho dourava as folhas da árvore que se curvava sobre a cerca atrás dele. Alguns passos mais para trás do poste, havia um vulto tão hirto e imóvel quanto o próprio poste do lampião. De cartola na cabeça, vestia um longo casacão preto; o rosto, oculto na sombra, não havia como distingui-lo. Apenas uma franja de cabelo cor de brasa contra a luz e também algo agressivo na atitude, denunciaram que era o poeta Gregory. Tinha algo da aparência de um bravo mascarado esperando, de espada em punho, o inimigo.

Fez uma espécie de saudação duvidosa, a que Syme respondeu com especial cortesia.

– Estava esperando por você – disse Gregory. – Será que poderíamos trocar algumas palavras?

– Certamente. Sobre o quê? – perguntou Syme, com uma espécie de leve espanto.

Gregory apontou com a bengala para o poste e depois para a árvore.

– Sobre *isso* e mais *isso* – exclamou ele. – Sobre ordem e anarquia. Aí está sua preciosa ordem, aquele lampião esguio e de ferro, feio e estéril; e aqui está a anarquia, rica, viva, reproduzindo-se a si mesma... aqui está a anarquia, esplêndida em verde e dourado.

– Ainda assim – replicou Syme pacientemente –, no momento, você só vê a árvore porque a luz do lampião a ilumina. Eu me pergunto quando você haveria de ver o lampião à luz da árvore. – Então, depois de uma pausa, disse: – Mas posso lhe perguntar se ficou aqui à espera, no escuro, só para retomar nossa pequena discussão?

– Não – gritou Gregory, com uma voz que ecoou por toda a rua –, não estou aqui para retomar nossa discussão, mas para encerrá-la de uma vez por todas.

Houve longos momentos de silêncio e Syme, embora não estivesse entendendo nada, predispôs-se instintivamente a escutar algo sério. Gregory começou com uma voz suave e com um sorriso um tanto desconcertante.

– Sr. Syme – disse ele –, esta noite você conseguiu fazer algo notável. Você fez algo para mim que nenhum homem nascido de mulher jamais conseguiu fazer antes.

– É mesmo?

– Agora me lembro... – continuou Gregory, refletindo. – Outra pessoa conseguiu fazê-lo. O capitão de um navio a vapor (se bem me recordo) em Southend. Você me irritou.

– Lamento sinceramente – replicou Syme, seriamente.

– Receio que minha raiva e seu insulto sejam graves demais para serem apagados com um simples pedido de desculpas – disse Gregory, com toda a calma. – Nem mesmo com um duelo... Nem mesmo se eu o matasse poderia apagar o insulto. Só há uma maneira pela qual esse insulto pode ser apagado, e é essa que escolho. Vou lhe provar, com o possível sacrifício de minha vida e de minha honra, que você estava errado no que disse.

– No que eu disse?

– Você disse que eu não estava falando sério quando afirmei que sou anarquista.

– Existem graus de seriedade – retrucou Syme. – Nunca duvidei de que você fosse perfeitamente sincero nesse sentido, que você pensava que o que disse valia a pena dizer, que você pensava que um paradoxo poderia despertar os homens para uma verdade negligenciada.

Gregory o encarou firme e dolorosamente.

– E em nenhum outro sentido? – perguntou ele. – Você me julga sério? Você me considera um andarilho que deixa escapar verdades ocasionais. Você não acha que de uma forma mais profunda, num sentido mais violento, estou falando sério?

Syme bateu violentamente com a bengala nas pedras da rua.

– Sério! – exclamou ele. – Meu bom Deus! Esta rua é séria? Estas malditas lanternas chinesas são sérias? Será que toda essa tralha é séria? Chega-se aqui e fala-se uma porção de bobagens e, obviamente, algumas coisas que fazem sentido também, mas eu teria realmente em pouca conta um homem que não guardasse algo no fundo de sua vida que fosse mais sério do que toda essa conversa... algo mais sério, fosse religião ou apenas bebida.

– Muito bem – disse Gregory, com o rosto anuviado –, você verá algo mais sério do que bebida ou religião.

Syme esperou com o seu habitual ar de doçura até que Gregory voltou a abrir os lábios.

– Você acabou de falar em ter uma religião. É mesmo verdade que você tem uma?

– Oh! – disse Syme, com um sorriso radiante. – Somos todos católicos agora.

– Então, posso lhe pedir que jure por quaisquer deuses ou santos de sua religião que não haverá de revelar o que vou dizer agora a ninguém, sob hipótese alguma, e especialmente à polícia? Vai jurar? Se assumir essa terrível abnegação, se consentir em sobrecarregar sua alma com um voto que nunca deveria fazer e com o conhecimento daquilo em que nem deveria sonhar, eu lhe prometo em troca...

– Você me prometerá em troca? – perguntou Syme, enquanto o outro fazia uma pausa.

– Eu lhe prometo uma noite muito divertida.

Syme tirou subitamente o chapéu.

– Sua oferta – disse ele – é demasiado idiota para ser rejeitada. Você diz que um poeta é sempre um anarquista. Discordo; mas espero pelo menos que seja sempre um esportista. Permita-me, aqui e agora, jurar como cristão, e prometer como bom camarada e colega artista, que não vou relatar nada disso, seja lá o que for, para a polícia. E agora, com todas as letras, pode me dizer do que se trata?

– Acho – disse Gregory, com plácida irrelevância – que o melhor a fazer é tomar uma carruagem.

Ele deu dois longos assobios e uma carruagem veio chegando aos solavancos. Os dois entraram em silêncio. Gregory deu o endereço de uma taberna obscura na margem do rio Chiswick. A carruagem partiu novamente e, dentro dela, esses dois seres fantásticos deixaram sua fantástica cidade.

CAPÍTULO II

O SEGREDO DE GABRIEL SYME

A carruagem parou diante de uma cervejaria particularmente triste e suja, para dentro da qual Gregory conduziu rapidamente seu companheiro. Sentaram-se numa espécie de bar, abafado e sombrio, a uma mesa cheia de manchas com uma perna de madeira. A saleta era tão pequena e escura que muito pouco se podia distinguir do atendente que foi chamado, além de uma vaga e obscura impressão de algo volumoso e barbudo.

– Quer comer alguma coisa como jantar? – perguntou Gregory educadamente. – O patê de *foie gras* não é muito bom aqui, mas posso recomendar carne de caça.

Syme recebeu a observação com impassibilidade, imaginando que fosse brincadeira. Aceitando a tirada de humor, ele disse, com uma indiferença bem polida:

– Oh, traga-me um pouco de maionese de lagosta.

Para seu indescritível espanto, o homem apenas disse:

– Certamente, senhor!

E se afastou, dando a impressão de que iria buscá-la.

– E o que vai beber? – perguntou Gregory, com o mesmo ar descuidado, mas apologético. – De minha parte, só vou tomar uma taça de creme de menta. Eu já jantei. Mas o champanhe da casa é realmente de confiança. Não quer começar com pelo menos meia garrafa do excelente champanhe Pommery?

– Obrigado! – disse o impassível Syme. – Você é muito amável.

Seguiram-se novas tentativas de conversa, um tanto desorganizadas em si, mas foram interrompidas finalmente como por um raio pelo aparecimento da lagosta. Syme provou e a achou realmente muito boa. Então, subitamente se pôs a comer com grande apetite e rapidez.

– Desculpe-me se estou apreciando a comida um tanto avidamente – disse ele a Gregory, sorrindo. – Não costumo ter a sorte de ser brindado com um sonho como esse. É novidade para mim que um pesadelo se transforme numa lagosta. Geralmente, é o contrário que acontece.

– Você não está dormindo, posso lhe assegurar – disse Gregory. – Você está, ao contrário, perto do momento mais real e emocionante de sua existência. Ah, aí vem seu champanhe! Admito que possa haver uma leve desproporção, digamos assim, entre os arranjos interiores desse excelente hotel e seu exterior simples e despretensioso. Mas isso representa toda a nossa modéstia. Somos os homens mais modestos que já viveram na terra.

– E *nós*, quem? – perguntou Syme, esvaziando a taça de champanhe.

– É muito simples – respondeu Gregory. – *Nós*, os anarquistas sérios, em quem você não acredita.

– Oh! – exclamou Syme, secamente. – Vocês se tratam bem no tocante à bebida.

– Sim, levamos tudo a sério – replicou Gregory.

Então, após uma pausa, acrescentou:

– Se dentro de alguns momentos esta mesa começar a girar um pouco, não atribua isso a suas incursões no champanhe. Não desejo que se julgue mal a si mesmo.

– Bem, se não estou bêbado, estou doido – retrucou Syme com perfeita calma. – Mas acredito que, em qualquer uma das condições, posso me comportar como um cavalheiro. Posso fumar?

– Certamente! – disse Gregory, alcançando-lhe uma charuteira. – Experimente um dos meus.

Syme apanhou o charuto, cortou a ponta com um cortador de charutos que tirou do bolso do colete, levou-o à boca, acendeu-o lentamente e soltou uma longa nuvem de fumaça. Pende a seu favor o fato de ter realizado todos esses rituais com tanta compostura, pois pouco antes de efetuá-los, a mesa a que ele estava sentado começou a girar, primeiro bem devagar, depois rapidamente, como se estivesse numa sessão insana.

– Você não deve se importar com isso – disse Gregory. – É uma espécie de parafuso.

– É isso mesmo – disse Syme, placidamente. – Uma espécie de parafuso. Que coisa mais simples!

No momento seguinte, a fumaça de seu charuto, que estava oscilando pela sala em espirais caprichosas, subiu reta como a fumaça de uma chaminé de fábrica, e os dois, com suas cadeiras e mesa, mergulharam pelo chão, como se a terra os tivesse engolido. Desceram por uma espécie de chaminé barulhenta tão rapidamente quanto um elevador que se desprende, e chegaram ao fundo com um baque seco e brusco. Mas, quando Gregory abriu um par de portas e deixou entrar uma luz vermelha subterrânea, Syme ainda fumava, de pernas cruzadas e sem que um fio de cabelo tivesse saído do lugar.

Gregory o conduziu por um corredor baixo e abobadado, no fim do qual estava a luz vermelha. Era uma enorme lanterna carmesim, quase tão grande quanto uma lareira, fixada sobre uma pequena, mas pesada porta de ferro. Na porta havia uma espécie de escotilha ou grade, e nessa Gregory bateu cinco vezes. Uma voz pesada com sotaque estrangeiro perguntou quem era. Ao que ele deu a inesperada resposta: "Sr. Joseph Chamberlain". As pesadas dobradiças começaram a se mover. Era obviamente uma espécie de senha.

Depois da porta, o corredor brilhava como se estivesse forrado com uma rede de aço. Olhando melhor, Syme percebeu que o brilho, na verdade, provinha de fileiras e mais fileiras de fuzis e revólveres, bem arrumados e ajustados uns aos outros.

– Devo pedir-lhe que me perdoe por todas essas formalidades – disse Gregory. – Aqui temos de ser muito rigorosos.

– Oh, não se desculpe – disse Syme. – Conheço sua paixão pela lei e pela ordem. – E entrou no corredor forrado de armas de aço. Com seu cabelo longo e louro e uma sobrecasaca um tanto elegante, ele parecia uma figura singularmente frágil e fantasiosa enquanto caminhava por aquela brilhante avenida da morte.

Percorreram vários corredores semelhantes e finalmente chegaram a uma estranha câmara de aço com paredes curvas, de forma quase esférica, mas apresentando, com suas fileiras de bancos, algo parecido a um auditório científico. Não havia rifles ou pistolas nesse cômodo, mas pendiam das paredes formas mais duvidosas e terríveis, coisas que pareciam bulbos de plantas de ferro ou ovos de pássaros de metal. Eram bombas, e a própria sala parecia o interior de uma bomba. Syme retirou a cinza do charuto raspando contra a parede e entrou.

– E agora, meu caro sr. Syme – disse Gregory, jogando-se de forma expansiva no banco sob a bomba maior –, agora que estamos bem acomodados, vamos conversar seriamente. Ora, não há palavra humana que possa lhe dar uma ideia do motivo pelo qual eu o trouxe aqui. Foi uma dessas emoções bastante arbitrárias, como a de pular de um penhasco ou de se apaixonar. Basta dizer que você era um sujeito inexprimivelmente irritante e, para lhe fazer justiça, você ainda é. Eu era capaz de quebrar vinte juramentos de segredo só pelo prazer de humilhá-lo. Esse seu jeito de acender um charuto faria um padre trair o segredo da confissão. Bem, você disse que tinha certeza de que eu não era um anarquista sério. Este lugar lhe parece sério?

– Parece que, sob toda essa aparência, tem uma moralidade – concordou Syme. – Mas posso fazer duas perguntas? Você não precisa ter medo de me dar informações, porque, como deve se lembrar, você muito sabiamente me extorquiu uma promessa de não contar nada à polícia, promessa que certamente cumprirei. É por mera curiosidade, portanto, que faço minhas perguntas. Em primeiro lugar, para que finalidade tudo isso? A que vocês se opõem? Querem abolir o governo?

– Queremos abolir Deus! – disse Gregory, abrindo uns olhos de fanático. – Não queremos apenas derrubar alguns despotismos e regulamentos policiais; esse tipo de anarquismo existe realmente, mas é um mero ramo dos não conformistas. Nós cavamos mais fundo e queremos fazê-lo voar pelos ares de forma mais radical. Queremos negar todas essas distinções arbitrárias de vício e virtude, honra e traição, em que os simples rebeldes sempre se baseiam. Os tolos sentimentalistas da Revolução Francesa[10] falavam dos Direitos do Homem! Nós odiamos os direitos como odiamos os erros. Abolimos o certo e o errado.

– E Direita e Esquerda – disse Syme, tanto por dizer alguma coisa. – Espero que se decidirão por aboli-las também. Elas só me criam confusão.

– Você falou de uma segunda pergunta – retrucou Gregory.

– Com prazer – prosseguiu Syme. – Em todos os seus atos e ambientes atuais, há uma tentativa científica de sigilo. Eu tenho uma tia que morava em cima de uma loja, mas essa é a primeira vez que encontro pessoas vivendo de preferência embaixo de uma taberna. Vocês têm uma pesada porta de ferro. Não podem passar sem se submeter à humilhação de se chamar a si mesmos de sr. Chamberlain. Vocês se cercam de instrumentos de aço que tornam o lugar, se assim posso dizer, mais impressionante do que familiar. Posso perguntar por que, depois de todo esse trabalho de se barricar nas entranhas da terra, você

---

10 Alusão à grande Revolução Francesa (1789-1799) que acabou com a monarquia absolutista da França e que teve grande influência em toda a Europa, mudando os rumos políticos de muitos países, revolução que ainda é vista hoje como a incentivadora das novas estruturas políticas e de governança passaram a reger o mundo moderno. (N.T.)

exibe então todo o seu segredo, falando sobre anarquismo para toda e qualquer mulher tola de Saffron Park?

Gregory sorriu.

– A resposta é simples – replicou ele. – Eu lhe disse que era um anarquista sério, e você não acreditou em mim. Nem *eles* lá fora acreditam em mim. A menos que eu os trouxesse para esta sala infernal, *eles* não haveriam de acreditar.

Syme, que fumava, pensativo, olhou para ele com interesse. E Gregory prosseguiu.

– A história que vou lhe contar pode até diverti-lo – disse ele. – Quando me tornei um dos novos anarquistas, tentei todos os tipos de disfarces respeitáveis. Eu me vesti de bispo. Li tudo sobre bispos em nossos panfletos anarquistas, em *Superstição, O Vampiro* e *Padres de rapina*. Desses escritos concluí que os bispos são uns velhos estranhos e terríveis que ocultam da humanidade um segredo cruel. Fui mal informado. Quando me apresentei pela primeira vez em vestes episcopais num salão e clamei em altos brados: "Humilhe-se! Humilhe-se, presunçosa razão humana!" Descobriram de alguma forma que eu não era bispo. Apanharam-me de vez. Então tentei me passar por milionário; mas defendia o capital com tanta inteligência que qualquer tolo logo poderia ver que eu era um pobre. Em seguida, tentei ser major. Ora, eu mesmo sou um humanitário, mas tenho, espero, largueza intelectual suficiente para compreender a posição daqueles que, como Nietzsche[11], admiram a violência... a orgulhosa e louca guerra da Natureza e tudo mais, entende. Levei a sério a personagem do major. Desembainhava a espada e a brandia constantemente, gritando, distraído: "Sangue!", como alguém que estivesse pedindo vinho. Eu costumava dizer: "Deixem os fracos perecer; é a lei!" Bem, muito bem, parece que os majores não fazem nada disso. Apanharam-me novamente. Por fim, desesperado, me dirigi ao presidente do Conselho Central Anarquista, que é o maior homem da Europa.

---

11 Friedrich Wilhelm Nietzsche (1844-1900), filólogo, filósofo e crítico cultural alemão. (N.T.)

— Qual é o nome dele? — perguntou Syme.

— Você não o reconheceria — respondeu Gregory. — Nisso reside sua grandeza. César e Napoleão[12] empregaram toda a sua genialidade para se tornarem conhecidos, e conseguiram. Ele coloca toda a sua genialidade para não ser conhecido, e não é conhecido. Mas você não pode ficar cinco minutos na sala com ele sem sentir que César e Napoleão teriam sido crianças nas mãos dele.

Ficou em silêncio e até pálido por um momento, e depois prosseguiu:

— Mas qualquer conselho que ele possa dar é sempre algo tão surpreendente quanto um epigrama e, mais ainda, tão prático como o Banco da Inglaterra. Eu disse a ele: "Que disfarce poderá me esconder do mundo? O que posso encontrar de mais respeitável do que bispos e majores?" Ele olhou para mim com seu grande rosto, mas indecifrável. "Você quer um disfarce seguro, não é? Você quer um traje que o faça parecer inofensivo; uma veste sob a qual ninguém jamais haveria de procurar uma bomba?" Assenti, movendo a cabeça. Subitamente, ergueu sua voz de leão. "Ora, vista-se de anarquista, então, seu tolo!", rugiu ele, de tal forma que a sala tremeu. "Então, ninguém jamais vai esperar que você faça algo de perigoso." E me deu as costas largas sem dizer mais nada. Segui o conselho dele e nunca me arrependi. Dia e noite, eu pregava sangue e assassinatos àquelas mulheres e... por Deus!... elas me deixariam conduzir seus carrinhos de bebê.

Syme, com seus grandes olhos azuis, o observava com certo respeito.

— Você me apanhou nessa! — disse ele. — É realmente um truque inteligente.

Então, após uma pausa, acrescentou:

---

12 Alusão ao imperador romano Caio Júlio César (100-44 a.C.) e ao imperador dos franceses Napoleão Bonaparte (1769-1821), que reinou entre 1804 e 1815. (N.T.)

– Como é que vocês chamam esse seu tremendo presidente?

– Geralmente, nós o chamamos de Domingo – respondeu Gregory, com simplicidade. – Veja, há sete membros no Conselho Central Anarquista e recebem os nomes dos dias da semana. Ele é chamado de Domingo; alguns de seus admiradores o chamam de Domingo Sangrento. É curioso que você mencione essa questão, porque nessa mesma noite em que você apareceu por aqui (se acaso permitir que me expresse desse modo) é a noite em que nossa filial de Londres, que se reúne nessa sala, tem de eleger seu suplente para preencher uma vaga no Conselho. O cavalheiro que há algum tempo ocupava, com zelo e aplauso geral, o difícil encargo de Quinta-feira, morreu repentinamente. Em decorrência disso, convocamos uma reunião para essa noite, a fim de eleger um sucessor.

Ele se levantou e ficou andando pela sala com uma espécie de sorriso embaraçado.

– Eu me sinto de alguma forma como se você fosse minha mãe, Syme – continuou ele, casualmente. – Sinto que posso lhe confiar tudo o que bem quiser, pois você prometeu não contar a ninguém. Na verdade, vou lhe confidenciar algo que não diria com tantas palavras aos anarquistas que deverão chegar aqui, dentro de dez minutos. Devemos, é claro, passar por uma forma de eleição; mas não me importo de dizer que é praticamente certo qual vai ser o resultado. – Baixou, com modéstia, os olhos por uns momentos e então completou: – É quase certo que eu serei Quinta-feira.

– Meu caro companheiro – disse Syme, calorosamente. – Meus parabéns! Espero que tenha uma grande carreira!

Gregory sorriu a contragosto e atravessou a sala, falando rapidamente.

– Na realidade, está tudo preparado para que eu seja eleito nessa mesa – disse ele – e a cerimônia provavelmente vai ser brevíssima.

Syme também caminhou até a mesa e encontrou sobre ela uma bengala, que se revelou ao exame ser uma bengala de estoque, um grande revólver Colt, uma caixa de sanduíches e uma formidável garrafa de conhaque. Sobre a cadeira, ao lado da mesa, estava uma capa ou manto de aparência pesada.

– Eu só tenho de esperar o término dessa formalidade da eleição – continuou Gregory, animado. – Então apanho essa capa e essa bengala, enfio as outras coisas no bolso, saio por uma porta dessa caverna, que se abre para o rio, onde uma lancha a vapor já está à minha espera e então... então... oh, a tresloucada alegria de ser Quinta-feira! – E passou a esfregar as mãos.

Syme, que voltara a sentar-se com sua habitual languidez insolente, levantou-se com um ar incomum de hesitação.

– Por que será – perguntou ele, vagamente – que eu acho que você é um sujeito bastante decente? Por que é que, decididamente, gosto de você, Gregory? – Parou por um momento e então acrescentou com uma espécie de nova curiosidade – Será porque você é um idiota?

Ficou novamente em silêncio, pensativo, e então exclamou:

– Bem, dane-se tudo! Essa é a situação mais engraçada em que já estive em minha vida, e vou agir de acordo. Gregory, eu lhe fiz uma promessa antes de vir para este lugar. Essa promessa, eu a manterei mesmo diante de tenazes em brasa. Você me faria, para minha segurança, uma pequena promessa do mesmo tipo?

– Uma promessa? – perguntou Gregory, curioso.

– Sim – disse Syme, muito sério –, uma promessa. Jurei diante de Deus que não contaria seu segredo à polícia. Você seria capaz de jurar pela Humanidade ou por qualquer coisa em que você acredita, que não vai contar meu segredo aos anarquistas?

– Seu segredo? – perguntou Gregory, olhando-o fixamente. – Você tem um segredo?

– Sim – disse Syme. – Tenho um segredo. – Então, após uma pausa: – Você vai jurar?

Gregory olhou para ele, muito sério, por alguns momentos e então disse abruptamente:

– Você deve ter me enfeitiçado, mas sinto uma incontrolável curiosidade por você. Sim, juro que não vou contar aos anarquistas nada do que você me disser. Mas vamos lá, pois eles estarão aqui dentro de instantes.

Syme levantou-se lentamente e enfiou suas longas mãos brancas nos bolsos de suas longas calças cinzentas. Quase no mesmo instante, ouviram cinco batidas na grade externa, proclamando a chegada do primeiro dos conspiradores.

– Bem – disse Syme, com toda a calma –, não sei como lhe dizer a verdade de forma mais resumida do que dizendo que seu expediente de se vestir de poeta sem rumo não se limita a você ou a seu presidente. Conhecemos o truque há algum tempo na Scotland Yard.

Gregory tentou se erguer de um salto, mas por três vezes não conseguiu.

– O que está dizendo? – perguntou ele, com voz que nem humana era.

– Sim – disse Syme, com toda a simplicidade –, sou um detetive da polícia. Mas acho que ouvi seus amigos chegando.

Da porta veio um murmúrio de "sr. Joseph Chamberlain". Foi repetido duas, três vezes, e mais trinta vezes, e a multidão de Joseph Chamberlains (visão solene) podia ser ouvida caminhando pelo corredor.

CAPÍTULO III

O HOMEM QUE FOI QUINTA-FEIRA

Antes que um dos novos rostos aparecesse à porta, Gregory já se refizera da atordoante surpresa. E, de um salto, já estava ao lado da mesa, rugindo como um animal feroz. Tomou o revólver e o apontou para Syme. Esse não se apavorou, mas levantou a mão, pálido e polido.

– Não seja idiota – disse ele, com a dignidade efeminada de um pároco. – Não vê que não é necessário? Não vê que nós dois estamos no mesmo barco? Sim, e bem enjoados.

Gregory não conseguia falar e tampouco atirar; e ficou pensando.

– Não vê que demos xeque-mate um ao outro? – exclamou Syme. – Eu não posso dizer à polícia que você é anarquista. Você não pode dizer aos anarquistas que eu sou um policial. Eu só posso vigiar você, sabendo o que você é; você só pode me vigiar, sabendo quem sou. Em resumo, é um duelo singular e intelectual, minha cabeça contra a sua. Sou um agente privado de auxílio da polícia. Você, meu pobre amigo, é um anarquista privado da ajuda daquela lei e daquela organização, tão essencial para a anarquia. A única diferença real pende em seu favor. Você não está cercado por policiais curiosos; eu estou cercado por anarquistas curiosos. Não posso denunciá-lo, mas posso me denunciar a mim mesmo. Ora, vamos lá! Espere e verá me trair a mim mesmo. E o farei com toda a elegância.

Gregory abaixou a pistola lentamente, ainda olhando para Syme como se fosse um monstro marinho.

– Não acredito na imortalidade – disse ele, finalmente. – Mas se, depois de tudo isso, você faltasse com sua palavra, Deus faria um inferno só para você, onde haveria de passar uivando para sempre.

– Não vou faltar com minha palavra – disse Syme, severamente – nem você vai faltar com a sua. Aí vêm vindo seus amigos.

A massa dos anarquistas entrou pesadamente na sala, com um andar desleixado e um tanto cansado; mas um homenzinho, de barba preta e óculos... destacou-se do grupo e deu uns passos à frente, com alguns papéis na mão.

– Camarada Gregory – disse ele. – Suponho que esse homem seja um delegado.

Gregory, apanhado de surpresa, baixou os olhos e murmurou o nome de Syme; mas Syme replicou quase atrevidamente:

– Fico feliz em ver que seu portão está bem guardado para dificultar a presença de qualquer um que não seja um delegado.

A testa do homenzinho de barba preta continuava, no entanto, franzida, significando que ainda alimentava alguma suspeita.

– Que ramo você representa? – perguntou ele, bruscamente.

– Eu dificilmente o chamaria de ramo – disse Syme, rindo. – Preferiria chamá-lo, isso sim, de raiz.

– O que quer dizer?

– O fato é – disse Syme, serenamente –, a verdade é que sou sabatariano. Fui enviado aqui especialmente para verificar se vocês seguem estritamente a observância de Domingo.

O homenzinho deixou cair um de seus papéis e uma centelha de medo se estampou no rosto de todos do grupo. Era óbvio que o terrível presidente, cujo nome era Domingo, às vezes enviava embaixadores irregulares para essas reuniões.

– Bem, camarada – disse o homem com os papéis, depois de uma pausa –, suponho que seja melhor dar-lhe um lugar na assembleia.

– Se quiser meu conselho de amigo – disse Syme, com severa benevolência –, acho que é o melhor que tem a fazer.

Quando Gregory viu o perigoso diálogo terminar, com súbita segurança para seu rival, levantou-se bruscamente e passou a andar de um lado para outro, imerso em pensamentos dolorosos. Ele estava, de fato, numa situação de complicada diplomacia. Estava claro que o inspirado atrevimento de Syme provavelmente o livraria de todos os dilemas meramente acidentais. Pouco se poderia esperar disso. Ele próprio não podia denunciar Syme, em parte por uma questão de honra, mas em parte também porque, se ele o denunciasse e por algum motivo falhasse em destruí-lo, o Syme que haveria de escapar seria um Syme livre de toda obrigação de sigilo, um Syme que simplesmente haveria de se dirigir à delegacia de polícia mais próxima. Afinal, tratava-se apenas da discussão de uma noite e apenas de um detetive que saberia disso. Ele deixaria escapar o mínimo possível de seus planos nessa noite, e então deixaria Syme ir e correria o risco.

Aproximou-se do grupo de anarquistas, que já se distribuía pelos bancos.

– Acho que é hora de começar – disse ele. – A lancha a vapor já está à espera no rio. Proponho que o camarada Buttons assuma a presidência.

Mãos se ergueram em aprovação da proposta e o homenzinho dos papéis tomou o assento presidencial.

– Camaradas! – começou ele, tão seco quanto um tiro de pistola. – Nossa reunião desta noite é importante, embora não precise ser longa. Esse ramo sempre teve a honra de eleger o Quinta-feira para o Conselho Central Europeu. Elegemos muitos e esplêndidos. Todos lamentamos o triste falecimento do heroico trabalhador que ocupou o cargo até a semana passada. Como sabem, seus serviços à causa foram consideráveis. Ele organizou o grande atentado a dinamite em Brighton que, em circunstâncias mais felizes, deveria ter matado todo mundo no cais. Como vocês também sabem, sua morte foi uma prova de abnegação como foi sua vida, pois morreu por sua confiança numa mistura higiênica de giz e água como substituto do leite, pois considerava essa bebida bárbara, por representar uma crueldade para com a vaca. Crueldade, ou qualquer coisa que se aproximasse da crueldade, sempre o revoltava. Não é para exaltar suas virtudes que nos reunimos, mas para uma tarefa mais premente. É difícil elogiar adequadamente suas qualidades, mas é mais difícil ainda substituí-las. Cabe a vocês, camaradas, escolher nesta noite, entre os presentes, o homem que será o Quinta-feira. Se algum camarada sugerir um nome, eu o colocarei em votação. Se nenhum camarada sugerir um nome, só poderei dizer a mim mesmo que aquele querido dinamiteiro, que foi arrancado de nosso meio, carregou para os abismos desconhecidos o último segredo de sua virtude e de sua inocência.

Houve um rumor quase inaudível de aplausos, tal como às vezes se ouve na igreja. Então um velho robusto, de longa e venerável barba branca, talvez o único verdadeiro trabalhador presente, levantou-se com dificuldade e disse:

– Proponho que o camarada Gregory seja eleito o Quinta-feira – e voltou a sentar-se com dificuldade.

– Haveria quem o aprove? – perguntou o presidente.

Um homenzinho com um casaco de veludo e barba pontuda manifestou sua aprovação.

– Antes de colocar o assunto em votação – disse o presidente –, vou pedir ao camarada Gregory que faça uma declaração.

Gregory levantou-se em meio a uma grande salva de palmas. Seu rosto estava mortalmente pálido, de modo que, em contraste, seu estranho cabelo ruivo parecia quase escarlate. Mas estava sorrindo e totalmente à vontade. Já se havia decidido e via diante de si, como uma bela estrada reta, sua melhor política a seguir. A melhor tática seria a de fazer um discurso brando e ambíguo, de modo que deixasse ao detetive a impressão de que a irmandade anarquista era, afinal de contas, uma coisa bem moderada. Ele acreditava em sua arte literária, em sua capacidade de sugerir nuances requintadas e escolher palavras perfeitas. Pensou que, com cuidado, poderia ter sucesso, apesar de todas as pessoas a seu redor, ao transmitir uma impressão da instituição, sutil e delicadamente falsa. Syme, certa vez, havia pensado que os anarquistas, apesar de toda a bravata, estavam apenas bancando os tolos. Não poderia agora, na hora do perigo, fazer Syme pensar a mesma coisa de novo?

– Camaradas! – começou Gregory, em voz baixa, mas penetrante. – Não é necessário que eu lhes diga qual é minha política, pois é a política de vocês todos também. Nossa crença foi caluniada, foi desfigurada, foi totalmente confundida e encoberta, mas nunca foi alterada. Aqueles que falam do anarquismo e de seus perigos vão a todos os lugares para obter informações, mas não vêm a nós, a fonte primeira. Conhecem os anarquistas por meio de novelas baratas; conhecem os anarquistas por meio de jornais de comerciantes; conhecem os anarquistas por meio do *Ally Sloper's Half-Holiday*[13] e do *Sporting Times*[14]. Eles nunca chegaram a conhecer os anarquistas por meio de anarquistas. Não temos chance de negar as inumeráveis calúnias que são lançadas sobre nossas cabeças de um extremo a outro da Europa. O homem que sempre ouviu que somos pragas ambulantes nunca ouviu nossa resposta. Sei que ele não vai ouvi-la esta noite, mesmo que meu entusiasmo me leve a gritar até romper o teto. Pois é nas profundezas da terra que os perseguidos só têm permissão para se reunir, como os cristãos se reuniam nas catacumbas. Mas, se por algum acidente incrível, estivesse aqui esta noite um homem que durante toda a sua vida nos interpretou tão mal,

---

13. Revista semanal cômica londrina fundada em 1884 e mantida em circulação até 1916. (N.T.)
14. Periódico semanal londrino que circulou entre 1865 e 1932. (N.T.)

eu lhe perguntaria: "Quando aqueles cristãos se reuniam naquelas catacumbas, que tipo de reputação moral eles tinham nas ruas acima? Que histórias eram contadas sobre suas atrocidades por um romano educado a outro?" Suponha (eu lhe diria), suponha que estamos apenas repetindo aquele ainda misterioso paradoxo da história. Suponha que parecemos tão chocantes quanto os cristãos, porque, na verdade, somos tão inofensivos quanto os cristãos. Suponha que parecemos tão loucos quanto os cristãos, porque, na verdade, somos tão mansos como eles.

Os aplausos que saudaram as primeiras frases foram ficando cada vez mais fracos e, nas últimas palavras, pararam de repente. No abrupto silêncio, o homem da jaqueta de veludo disse em voz alta e esganiçada:

– Eu não sou brando!

– O camarada Witherspoon nos diz – recomeçou Gregory – que ele não tem brandura. Ah! Como ele se conhece mal! Suas palavras são, de fato, extravagantes; sua aparência é feroz e até (para um gosto comum) pouco atraente. Mas apenas os olhos de uma amizade tão profunda e delicada como a minha podem perceber o alicerce profundo da sólida brandura que lhe serve de base, profundo demais até para ele mesmo perceber. Repito, somos os verdadeiros cristãos primitivos, só que chegamos tarde demais. Somos simples, como eles reverenciavam os simples... olhem para o camarada Witherspoon. Somos modestos, como eles eram modestos... olhem para mim. Somos misericordiosos...

– Não, não! – gritou o sr. Witherspoon, o de jaqueta de veludo.

– Eu digo que somos misericordiosos – repetiu Gregory, furioso. – Como os primeiros cristãos eram misericordiosos. Mesmo assim, isso não impediu que fossem acusados de comer carne humana. Nós não comemos carne humana...

– Vergonha! – gritou Witherspoon. – Por que não?

– O camarada Witherspoon – disse Gregory, com ironia febril – está ansioso para saber por que ninguém o come (risos).

Em nossa sociedade, de qualquer forma, que o ama sinceramente, que se baseia no amor...

– Não, não! – exclamou Witherspoon. – Abaixo o amor!

– Que se baseia no amor – repetiu Gregory, rangendo os dentes. – Não haverá dificuldade quanto aos objetivos que haveremos de perseguir como um corpo ou que eu deveria procurar atingir se fosse escolhido como representante desse corpo. Soberbamente indiferentes perante as calúnias que nos representam como assassinos e inimigos da sociedade humana, haveremos de procurar atingir, com coragem moral e silenciosa persuasão intelectual, os ideais permanentes de fraternidade e simplicidade.

Gregory voltou a sentar-se e passou a mão pela testa. O silêncio foi repentino e constrangedor, mas o presidente levantou-se como um autômato e disse com voz insossa:

– Alguém se opõe à eleição do camarada Gregory?

A assembleia parecia vaga e subconscientemente desapontada, e o camarada Witherspoon se movia inquieto na cadeira e murmurava entre sua espessa barba. Pela pura pressa da rotina, no entanto, a moção teria sido aceita e aprovada. Mas quando o presidente ia abrir a boca para propô-la, Syme se levantou de um salto e disse numa voz baixa e calma:

– Sim, senhor presidente, eu me oponho.

O fator mais eficaz na oratória é uma mudança inesperada na voz. O sr. Gabriel Syme evidentemente entendia de oratória. Tendo dito essas primeiras palavras formais em tom moderado e com breve simplicidade, fez as seguintes ecoar e soar pela abóboda como se uma das armas tivesse disparado.

– Camaradas! – exclamou ele, com uma voz que levou todos a se levantar das cadeiras. – Foi para isso que viemos aqui? Vivemos no subsolo como ratos para ouvir falar desse jeito? Essa é uma conversa que poderíamos ouvir enquanto comemos bolinhos numa festinha da escola dominical. Revestimos essas paredes com armas e trancamos aquela porta com a morte, para que ninguém venha e ouça o camarada Gregory nos dizendo: "Sejam bons e serão felizes", "Honestidade é a melhor política", e "A virtude tem em si a própria recompensa"? Não havia uma palavra no discurso do camarada Gregory que um pároco não pudesse ouvir com prazer (muito bem, apoiado!). Mas eu não sou um pároco (muitos aplausos), e não ouvi com prazer (novos aplausos). O homem que está apto para ser um bom pároco não serve para ser um resoluto, enérgico e eficiente Quinta-feira (intensos aplausos). O camarada Gregory nos disse, em tom de desculpas, que não somos os inimigos da sociedade. Mas eu digo que somos os inimigos da sociedade, e tanto pior para a sociedade. Somos os inimigos da sociedade, pois a sociedade é inimiga da humanidade, sua inimiga mais antiga e impiedosa (intensos vivas). O camarada Gregory nos disse (mais uma vez, desculpando-se) que não somos assassinos. Nisso concordo com ele. Não somos assassinos, nós somos executores (aplausos).

Desde que Syme se levantara, Gregory ficou olhando para ele, embasbacado de espanto. Agora, na pausa, moveu seus lábios de cera e disse, com uma nitidez automática e sem vida:

– Seu maldito hipócrita!

Syme fixou seus pálidos olhos azuis naqueles olhos assustadores do outro e disse com dignidade:

– O camarada Gregory me acusa de hipocrisia. Ele sabe tão bem quanto eu que estou cumprindo todos os meus compromissos e não fazendo nada além de meu dever. Eu não medi palavras. E não pretendo. Digo que o camarada Gregory não é adequado para Quinta-feira por todas essas suas amáveis qualidades. Repito, ele não é adequado para ser eleito Quinta-feira por causa de suas amáveis qualidades. Não queremos que o Supremo Conselho da Anarquia seja infectado com uma compaixão piegas (vivas e aplausos). Não é hora para polidez formal, nem é hora de modéstia formal. Eu me coloco contra o camarada Gregory como me colocaria contra todos os governos da Europa, porque o anarquista que se entregou à anarquia esqueceu a modéstia tanto quanto esqueceu o orgulho (aplausos). Eu não sou um homem. Eu sou uma causa (intensos aplausos). Enfrento o camarada Gregory tão impessoal e calmamente como se escolhesse uma arma em vez de outra naquele armário colado à parede; e digo que, em vez de ter Gregory e seus métodos de água com açúcar no Conselho Supremo, eu me ofereço para ser eleito para o cargo...

Sua última frase foi abafada por uma ensurdecedora salva de palmas. Os rostos, que se tornavam cada vez mais ferozes à medida que seu discurso ia ficando cada vez mais inflexível, agora estavam distorcidos com sorrisos de expectativa ou como que rasgados em gritos de contentamento. No momento em que anunciou que estava pronto para concorrer ao cargo de Quinta-feira, um rugido de excitação e de assentimento irrompeu e se tornou incontrolável; no mesmo instante, Gregory levantou-se de um salto, com a boca espumando e gritando contra a gritaria.

– Parem, seus loucos malditos! – gritou ele, com voz que lhe rasgava a garganta. – Parem, seus...

Mas bem mais alto que os gritos de Gregory e mais alto que a gritaria que tomou conta da sala ouvia-se a voz de Syme, ainda falando num impiedoso tom de trovoada...

– Não vou ao Conselho para rebater a calúnia que nos chama de assassinos; vou merecê-la (aplausos intensos e prolongados). Para o padre que diz que esses homens são inimigos da religião, ao juiz que diz que esses homens são inimigos da lei, ao gordo parlamentar que diz que esses homens são inimigos da ordem e da decência pública, a todos esses responderei: "Vocês são falsos reis, mas são verdadeiros profetas. Eu vim para destruí-los e para cumprir suas profecias".

O pesado clamor foi se atenuando aos poucos, mas antes que terminasse, Witherspoon se havia erguido de um salto, de cabelo e barba em pé, e tinha dito:

– Eu proponho, como emenda, que o camarada Syme seja indicado para o cargo.

– Parem com tudo isso, já disse! – gritou Gregory, com rosto e mãos em total descontrole. – Parem com isso, é tudo...

A voz do presidente, em tom frio, cortou suas palavras.

– Alguém apoia essa proposta? – perguntou ele.

Um homem alto e cansado, com olhos melancólicos e de cavanhaque, foi visto levantar-se lentamente do último banco dos fundos. Já fazia algum tempo que Gregory estava gritando; agora houve uma mudança em seu tom de voz, que se tornou mais chocante do que qualquer grito.

– Vou acabar com tudo isso! – disse ele, com voz pesada como pedra. – Esse homem não pode ser eleito. Ele é um...

– Sim – disse Syme, sem se alterar. – O que ele é?

A boca de Gregory se abriu duas vezes, mas não proferiu palavra; então lentamente o sangue começou a fluir de volta para seu rosto cadavérico.

– Ele é um homem sem experiência alguma em nosso trabalho – disse ele, e voltou a sentar-se pesadamente.

Antes que acabasse de fazer isso, o homem alto e magro, de cavanhaque, estava novamente de pé e repetia em agudo e monótono sotaque americano:

– Peço que apoiemos a eleição do camarada Syme.

– A alteração será, como de costume, posta primeiramente em votação – disse o presidente, sr. Buttons, com rapidez mecânica.

– A questão é que o camarada Syme...

Gregory levantou-se novamente, ofegante e agitado.

– Camaradas! – gritou ele. – Eu não sou um louco.

– Oh, oh! – exclamou o sr. Witherspoon.

– Eu não sou um louco – repetiu Gregory, com uma sinceridade assustadora que por um momento fez a assistência vacilar.

– Mas eu lhes dou um conselho que podem chamar de louco, se quiserem. Não, não vou chamar isso de conselho, pois não posso lhes dar nenhuma razão para isso. Vou chamá-lo de ordem. Chamem isso de ordem tresloucada, mas cumpram-na. Podem bater em mim, mas me escutem! Matem-me, mas me obedeçam! Não elejam esse homem.

A verdade é tão terrível, mesmo em grilhões, que por um momento a tênue e insana vitória de Syme balançou como um caniço. Mas não se poderia vislumbrar isso nos olhos azuis e frios de Syme. Ele disse apenas:

– O camarada Gregory ordena...

Então o encanto se quebrou e um dos anarquistas gritou para Gregory:

– Quem é você? Você não é Domingo.

E outro anarquista acrescentou com voz mais pesada:

– E você não é Quinta-feira.

– Camaradas! – gritou Gregory, com a voz de um mártir que, num êxtase de dor, ultrapassou a dor. – Não faz diferença alguma para mim que me detestem como um tirano ou que me detestem como um escravo. Se vocês não aceitam minha ordem, aceitem minha degradação. Eu me ajoelho diante de vocês. Eu me jogo a seus pés. Eu imploro. Não elejam esse homem.

– Camarada Gregory – interveio o presidente após uma pausa dolorosa –, isso realmente não é muito digno.

Pela primeira vez, no decorrer do processo, houve por alguns segundos um verdadeiro silêncio. Então Gregory deixou-se cair na cadeira, como se fosse uma pálida ruína de um homem, e o presidente repetiu, como se um relógio voltasse a funcionar depois de lhe ter dado corda:

– A questão agora é que se propõe que o camarada Syme seja eleito para o cargo de Quinta-feira no Conselho Geral.

O rumor aumentou como o mar, as mãos se ergueram como uma floresta, e três minutos depois o sr. Gabriel Syme, do

Serviço de Polícia Secreta, foi eleito para o cargo de Quinta-feira no Conselho Geral dos Anarquistas da Europa.

Todos na sala pareciam ouvir a lancha esperando no rio, a bengala de estoque e o revólver à espera sobre a mesa. No instante em que a eleição foi encerrada e se tornou irrevogável, e Syme recebeu o documento comprovando sua eleição, todos se levantaram, e os grupos exaltados se moveram e se misturaram na sala. Syme se encontrou, de um modo ou de outro, frente a frente com Gregory, que ainda o encarava com um olhar atordoado de ódio. Ficaram em silêncio por longos minutos.

– Você é um demônio! – disse Gregory, por fim.

– E você, um cavalheiro – retrucou Syme, com gravidade.

– Foi você que me jogou na armadilha – começou Gregory, tremendo da cabeça aos pés. – Você me prendeu...

– Fale com bom senso – disse Syme, concisamente. – Em que tipo de parlamento dos demônios você me jogou, se é o caso de falar disso? Foi você que me fez jurar por primeiro. Talvez nós dois estejamos fazendo o que achamos certo. Mas o que achamos certo é tão diferente que não pode haver nada entre nós que impeça qualquer concessão um ao outro. Não há nada possível entre nós além da honra e da morte – e então jogou a grande capa sobre os ombros e apanhou o frasco que estava em cima da mesa.

– O barco está pronto – disse o sr. Buttons, apressando-se. – Por favor, tenha a bondade de me seguir.

Com um gesto que revelava o caixeiro-viajante, ele conduziu Syme por um corredor curto e forrado de ferro; o ainda angustiado Gregory os seguiu, agitado, bem de perto. No fim do corredor havia uma porta, que Buttons abriu bruscamente, mostrando uma repentina imagem azul e prateada do rio iluminado pela lua, parecendo um cenário de teatro. Perto da abertura havia uma lancha a vapor escura e minúscula, como um dragão-menino com um olho vermelho.

Quase no ato de pisar a bordo, Gabriel Syme voltou-se para o boquiaberto Gregory.

– Você manteve sua palavra – disse ele, afavelmente, com o rosto na sombra. – Você é um homem honrado e eu lhe agradeço. Você a manteve até mesmo nos mínimos detalhes. Houve uma coisa especial que você me prometeu no início do caso, e que você certamente me deu no final dele.

– O que quer dizer? – exclamou o caótico Gregory. – O que é que lhe prometi?

– Uma noite muito divertida – disse Syme, e fez uma saudação militar com a bengala de estoque, enquanto o barco a vapor se afastava.

CAPÍTULO IV

A HISTÓRIA DE UM DETETIVE

Gabriel Syme não era apenas um detetive que fingia ser poeta; era realmente um poeta que se havia tornado detetive. Tampouco era hipócrita seu ódio à anarquia. Ele era um daqueles que, desde cedo na vida, é levado a uma atitude demasiado conservadora pela desconcertante loucura da maioria dos revolucionários. Ele não tinha chegado a ela por causa de uma fraca tradição. Sua respeitabilidade era espontânea e súbita, uma revolta contra a revolta. Vinha de uma família de excêntricos, em que todas as pessoas mais velhas tinham ideias mais modernas. Um de seus tios sempre andava sem chapéu, e outro havia feito uma tentativa frustrada de andar de chapéu e nada mais. O pai cultivava a arte e a autorrealização; a mãe optara pela simplicidade e pela higiene.

Daí resultou que a criança, durante seus primeiros anos de vida, desconhecia totalmente qualquer bebida entre os extremos do absinto e do cacau, de ambas as quais nutria uma saudável aversão. Quanto mais a mãe pregava uma abstinência mais que puritana, mais o pai se expandia num relaxamento mais que pagão; e, a certa altura, a primeira chegou até a impor o vegetarianismo, ao passo que o último chegou quase ao ponto de defender o canibalismo.

Vendo-se cercado por todo tipo concebível de revolta desde a infância, Gabriel tinha de se revoltar contra alguma coisa. Então ele se revoltou contra a única coisa que restava: a sensatez. Mas havia nele apenas o suficiente do sangue desses fanáticos para tornar até mesmo seu protesto pelo bom senso um pouco feroz demais para ser sensato. Seu ódio pela anarquia moderna também foi coroado por um acidente. Aconteceu que ele estava caminhando por uma rua lateral no momento de um ataque com dinamite. Tinha ficado cego e surdo por um momento, e então tinha visto, depois que a fumaça se dissipara, as janelas quebradas e os rostos sangrando.

Depois desse incidente, ele continuou como sempre... quieto, cortês, bastante afável. Mas havia um setor em seu cérebro que não era inteiramente sadio. Ele não considerava os anarquistas, como a maioria de nós, um punhado de homens mórbidos, combinando ignorância com intelectualismo. Ele os considerava um perigo enorme e impiedoso, como uma invasão chinesa.

Despejava continuamente nos jornais e nos cestos de lixo uma torrente de histórias, versos e artigos violentos, alertando os homens sobre esse dilúvio de negação bárbara. Mas ele parecia não estar se aproximando do inimigo e, o que era pior, nem chegando mais perto de um modo de vida. Enquanto caminhava pelas margens do rio Tâmisa, mordendo amargamente um charuto barato e meditando sobre o avanço da Anarquia, não havia anarquista com uma bomba no bolso que fosse mais selvagem ou mais solitário que ele. Na verdade, ele sempre imaginava que o Governo estava sozinho, desesperado e encurralado, de costas para a parede. E seria quixotesco demais para se importar com ele, se assim não fosse.

Caminhava certa vez pelo cais sob um pôr do sol vermelho escuro. O rio vermelho refletia o céu vermelho, e ambos refletiam sua raiva. O céu, de fato, estava tão escuro e a luz no rio, relativamente tão sinistra, que a água quase parecia ter uma chama mais feroz do que o pôr do sol que ela refletia. Parecia uma corrente de fogo literal serpenteando sob as vastas cavernas de um país subterrâneo.

Naquela época, Syme andava vestido como maltrapilho. Usava um chapéu preto, velho, fora de moda, e uma capa ainda mais velha, preta e esfarrapada; e a combinação lhe dava a aparência dos primeiros vilões de Dickens[15] e Bulwer-Lytton[16]. Além disso, a barba e o cabelo amarelado estavam mais despenteados e hirsutos do que quando apareceram muito tempo depois, cortados e aparados, nos jardins de Saffron Park. Um longo charuto fino e preto, comprado no bairro Soho por 2 centavos, pendia de seus dentes cerrados. No conjunto, parecia um espécime muito satisfatório dos anarquistas, contra os quais havia jurado uma guerra santa. Talvez tenha sido por isso que um policial do cais se dirigiu a ele e lhe disse "Boa tarde".

Syme, numa crise de seus mórbidos medos pela humanidade, pareceu picado pela mera impassibilidade do funcionário automático, um mero vulto azulado no crepúsculo.

– Uma boa tarde, em que sentido? – disse ele, bruscamente. – Vocês seriam capazes de chamar o fim do mundo de uma boa noite. Olhe aquele maldito sol vermelho e aquele maldito rio! Eu lhe digo que se isso fosse literalmente sangue humano, derramado e brilhando, você ainda estaria aqui tão firme como sempre, procurando por algum pobre vagabundo inofensivo que você pudesse mandar circular. Vocês, policiais, são cruéis com os pobres, mas eu poderia perdoar até mesmo sua crueldade, se não fosse por sua calma.

– Se somos calmos – replicou o policial –, é porque temos a calma da resistência organizada.

– É mesmo? – exclamou Syme, fitando-o.

– O soldado deve estar calmo no meio da batalha – prosseguiu o policial. – A compostura de um exército é a ira de uma nação.

---

15 Charles John Huffam Dickens (1812-1870), romancista inglês. (N.T.)
16 Edward George Bulwer-Lytton (1803-1873), romancista, poeta e dramaturgo inglês. (N.T.)

— Meu Deus, os internatos! – disse Syme. – Isso é que é educação não confessional?

— Não – respondeu o policial, com tristeza. – Nunca tive nenhuma dessas regalias. Os internatos surgiram depois de minha época. Receio que a educação que tive foi muito dura e antiquada.

— Onde a recebeu? – perguntou Syme, intrigado.

— Oh, em Harrow! – respondeu o policial.

As simpatias de classe – que, falsas como são, ainda assim são, em tantos homens, as coisas mais verdadeiras – manifestaram-se em Syme antes que ele pudesse refreá-las.

— Mas, meu bom Deus, homem! – disse ele. – Você não deveria ser policial!

O policial suspirou e meneou a cabeça.

— Eu sei – disse ele, solenemente. – Sei que não sou digno.

— Mas por que você entrou para a polícia? – perguntou Syme, com rude curiosidade.

— Pela mesma razão pela qual você insultou a polícia – respondeu o outro. – Descobri que havia um lugar especial no serviço para aqueles cujos temores pela humanidade estavam relacionados mais com as aberrações do intelecto científico do que com os normais e desculpáveis, embora excessivos, surtos da vontade humana. Espero ter sido claro.

— Se você pergunta se se exprime com clareza – disse Syme –, suponho que sim. Mas quanto a ser tão claro para ser compreendido, não me parece que o faça com êxito. Como é que um homem como você, com capacete azul na cabeça, se põe a falar de filosofia às margens do rio Tâmisa?

— Evidentemente, você não ouviu falar da mais recente evolução em nosso sistema policial – replicou o outro. – Isso não me surpreende, pois preferimos não revelar nada disso à classe instruída, porque nela se concentra a maioria de nossos inimigos. Mas você parece estar precisamente no estado de espírito apropriado. Acho que você quase poderia se juntar a nós.

– Juntar-me a vocês em quê? – perguntou Syme.

– Vou lhe contar – disse o policial lentamente. – A situação é a seguinte: O chefe de um de nossos departamentos, um dos detetives mais célebres da Europa, há muito que pensa que uma conspiração puramente intelectual haverá de ameaçar em breve a própria existência da civilização. Ele tem absoluta certeza de que os mundos científicos e artísticos estão silenciosamente unidos numa cruzada contra a família e contra o Estado. Por isso formou um corpo especial de policiais, que são ao mesmo tempo policiais e filósofos. É função deles observar o início dessa conspiração, não somente no sentido criminal, mas também num sentido controverso. Eu também sou um democrata e tenho plena consciência do valor do homem comum em questões de valor ou virtude comuns. Mas seria obviamente indesejável empregar o policial comum numa investigação que também é uma caça à heresia.

Os olhos de Syme brilhavam com uma curiosidade toda simpática.

– O que vocês fazem, então? – perguntou ele.

– O trabalho do policial filósofo – respondeu o homem de azul – é ao mesmo tempo mais ousado e sutil do que o do detetive comum. O detetive comum vai às tabernas para prender ladrões; nós vamos aos chás de artistas para descobrir pessimistas. O detetive comum descobre, por meio de uma agenda ou de um diário, que um crime foi cometido. Nós descobrimos num livro de sonetos que um crime vai ser cometido. Temos de rastrear a origem desses pensamentos terríveis que finalmente levam os homens ao fanatismo intelectual e ao crime intelectual. Chegamos bem a tempo de evitar um atentado na cidade de Hartlepool, e isso se deveu inteiramente ao fato de que nosso jovem Wilks (um senhor muito inteligente) compreendeu perfeitamente um poema.

– Você quer dizer – perguntou Syme – que existe realmente tanta conexão entre o crime e o intelecto moderno em tudo?

– Você não é suficientemente democrático – respondeu o policial –, mas estava certo quando disse há pouco que nosso tratamento normal dispensado ao criminoso pobre é bastante brutal. Digo-lhe que, às vezes, fico cansado de meu ofício quando vejo como ele significa perpetuamente apenas uma guerra contra os ignorantes e os desesperados. Mas esse nosso novo movimento é um caso muito diferente. Nós negamos a presunçosa concepção inglesa de que os incultos são os criminosos perigosos. Lembramo-nos dos imperadores romanos. Lembramo-nos os grandes príncipes envenenadores da Renascença. Dizemos que o criminoso perigoso é o criminoso educado. Dizemos que o criminoso mais perigoso agora é o filósofo moderno totalmente sem lei. Comparados a ele, ladrões e bígamos são essencialmente homens morais; e meu coração está com eles. Aceitam o ideal essencial do homem; eles apenas o procuram de forma errada. Os ladrões respeitam a propriedade. Eles apenas desejam que a propriedade se torne *sua* propriedade para que possam respeitá-la mais perfeitamente. Mas os filósofos não gostam da propriedade como propriedade; eles desejam destruir a própria ideia de posse pessoal. Os bígamos respeitam o casamento, ou não passariam pela formalidade altamente cerimonial e até ritualística da bigamia. Mas os filósofos desprezam o casamento como casamento. Os assassinos respeitam a vida humana; eles desejam apenas alcançar uma maior plenitude de vida humana em si mesmos, pelo sacrifício do que lhes parece ser vidas inferiores. Mas os filósofos odeiam a vida em si, tanto a própria quanto a dos outros.

Syme bateu palmas.

– Como isso é verdade! – exclamou ele. – Sinto isso desde a infância, mas nunca poderia afirmar a antítese verbal. O criminoso comum é um homem mau, mas pelo menos ele é, por assim dizer, um homem condicionalmente bom. Segundo ele, se apenas certo obstáculo fosse removido (digamos, um tio rico), estaria pronto a aceitar o mundo como é e louvar a Deus. Ele é um reformador, mas não um anarquista. Ele deseja limpar o edifício, mas não destruí-lo. Mas o filósofo malvado não está tentando alterar as coisas, mas aniquilá-las. Sim, o mundo moderno manteve todas as partes do trabalho policial que são realmente opressivas e ignominiosas, a perseguição aos pobres, a espionagem dos desafortunados. Abandonou seu trabalho mais digno, a punição de poderosos traidores contra o Estado e de poderosos heresiarcas contra a Igreja. Os modernos dizem que não devemos punir os hereges. Minha única dúvida é se ainda teremos o direito de punir alguém.

– Mas isso é absurdo! – exclamou o policial, apertando as mãos com uma excitação incomum em pessoas de seu porte e traje. – Mas é intolerável! Eu não sei o que você anda fazendo, mas está desperdiçando sua vida. Você deve, você deve juntar-se a nosso exército especial contra a anarquia. Os exércitos deles estão em nossas fronteiras. Estão prontos para dar o golpe fatal. Mais um momento e você pode perder a glória de trabalhar conosco, talvez a glória de morrer com os últimos heróis do mundo.

– É uma oportunidade que não se deve perder, com certeza – concordou Syme –, mas ainda não compreendo muito bem. Sei tão bem como qualquer pessoa que o mundo moderno está cheio de homenzinhos sem lei e de pequenos movimentos malucos. Mas por mais atrozes que sejam, eles geralmente têm o mérito de discordar um do outro. Como é que você pode chegar à conclusão de que eles lideram um exército ou estão prontos para dar um golpe? O que é essa anarquia?

– Não a confunda – replicou o policial – com essas manifestações ocasionais de atentados a dinamite vindos da Rússia ou da Irlanda, que são realmente sublevações de oprimidos, se bem que enganados. Esse é um vasto movimento filosófico, composto de dois anéis, um externo e outro, interno. Você pode até chamar o anel externo de leigo e o anel interno de sacerdócio. Prefiro chamar o anel externo de seção inocente, e o anel interno é a seção supremamente culpada. O círculo exterior... a maior parte de seus adeptos... é composto somente de anarquistas; isto é, homens que acreditam que regras e fórmulas destruíram a felicidade humana. Acreditam que todos os males que provêm dos crimes humanos são resultantes do sistema que os chamou de crimes. Não acreditam que o crime criou o castigo. Acreditam que o castigo criou o crime. Acreditam que um homem que seduzir sete mulheres se conserva naturalmente tão inocente quanto as flores da primavera. Acreditam que, se um homem roubar uma carteira do bolso de alguém, se sentirá naturalmente e mesmo extraordinariamente bem. A esses eu designo como os pertencentes à seção inocente.

– Oh! – exclamou Syme.

– Naturalmente, portanto, essas pessoas falam sobre "os bons tempos que hão de vir"; "o paraíso do futuro"; "a humanidade libertada da escravidão do vício e da escravidão da virtude", e assim por diante. E assim também falam os homens do círculo interno – o dos sagrados sacerdotes. Eles também falam, para multidões que aplaudem, da felicidade do futuro e da humanidade finalmente libertada. Mas, na boca deles – e o policial baixou a voz – na boca deles, essas frases felizes têm um significado horrível. Eles não têm ilusões; são demasiadamente intelectuais para pensar que o homem nessa terra possa algum dia ficar completamente livre do pecado original e da luta pela vida. O que eles querem é a morte. Quando dizem que a humanidade será finalmente livre, querem dizer que a humanidade cometerá suicídio. Quando falam de um paraíso sem certo nem errado, querem dizer o túmulo. Eles têm apenas dois objetivos, destruir primeiro a humanidade e, depois, a si mesmos. É por isso que jogam bombas em vez de disparar pistolas. As bases inocentes estão desapontadas porque a bomba não matou o rei; mas os grandes sacerdotes estão contentes porque matou alguém.

– Como posso me juntar a vocês? – perguntou Syme, com grande entusiasmo.

– Sei com certeza que há uma vaga no momento – disse o policial –, pois tenho a honra de contar com a confiança do chefe de quem lhe falei. Você realmente deveria vir vê-lo. Ou melhor, eu não diria vê-lo, pois ninguém jamais o vê; mas você pode falar com ele se quiser.

– Por telefone? – perguntou Syme, com interesse.

– Não – respondeu o policial, placidamente. – Ele gosta de ficar sempre num quarto escuro como breu. Diz que isso torna seus pensamentos mais brilhantes. Venha comigo.

Um tanto deslumbrado e consideravelmente animado, Syme deixou-se levar até uma porta lateral na longa fila de edifícios da Scotland Yard. Quase antes de saber o que estava fazendo, já havia passado pelas mãos de cerca de quatro funcionários intermediários, e de repente foi conduzido a uma sala, cuja escuridão abrupta o assustou como se assustaria com um súbito clarão de luz. Não era a escuridão comum, na qual as formas podem ser vagamente vislumbradas; era como ficar cego de repente.

– Você é o novo recruta? – perguntou uma voz grossa.

E de alguma forma estranha, embora não houvesse a sombra de uma forma na escuridão, Syme compreendeu duas coisas: primeiro, que a voz vinha de um homem de grande estatura; e segundo, que o homem estava de costas para ele.

– Você é o novo recruta? – perguntou o chefe invisível, que parecia ter ouvido tudo. – Muito bem. Você está alistado.

Syme, completamente aturdido, lutou debilmente contra essa frase irrevogável.

– Eu realmente não tenho experiência alguma – começou ele.

– Ninguém tem experiência – disse o outro – na Batalha do Armagedom[17].

– Mas eu sou realmente inadequado, não sirvo...

– Você tem boa vontade, isso é suficiente – disse o desconhecido.

– Bem, na realidade – disse Syme –, não sei de nenhuma profissão na qual a boa vontade seja o teste final de admissão.

---

17 Alusão ao texto do Apocalipse (cap. 16, versículos 12-16) que fala da grande batalha entre o bem e o mal a ser travada no lugar chamado Harmagedom ou Armagedom. (N.T.)

– Mas eu sei – disse o outro –, a de mártir. Estou condenando você à morte. Bom dia.

Foi assim que, ao sair novamente para a luz avermelhada do entardecer, com seu chapéu preto e amarrotado e com seu sobretudo velho e surrado, Gabriel Syme já era membro do Novo Corpo de Detetives, destinado a frustrar a grande conspiração.

Seguindo o conselho de seu amigo policial (que profissionalmente tinha inclinação para o asseio), ele aparou o cabelo e a barba, comprou um bom chapéu, vestiu-se com um requintado terno de verão cinza-azulado claro, com uma flor amarela pálida na lapela e, em resumo, tornou-se aquela pessoa elegante e um tanto insuportável que Gregory encontrara pela primeira vez no pequeno jardim de Saffron Park.

Antes de finalmente deixar as instalações da polícia, seu amigo lhe dera um pequeno cartão azul, no qual estava escrito "A Última Cruzada" e um número, que era a marca de sua autoridade oficial. Ele o colocou cuidadosamente no bolso superior do colete, acendeu um cigarro e saiu para descobrir e combater o inimigo em todos os salões de Londres. Já vimos para onde sua aventura o levou. Por volta da 1h30 de uma noite de fevereiro, ele se viu navegando numa pequena lancha, subindo o silencioso Tâmisa, armado com uma bengala de estoque e um revólver, e era o legítimo Quinta-feira eleito pelo Conselho Central dos Anarquistas.

Quando Syme embarcou na lancha a vapor, teve a singular sensação de entrar em algo inteiramente novo; não apenas na paisagem de uma nova terra, mas até mesmo na paisagem de um novo planeta. Isso se devia sobretudo à decisão insana, mas firme, daquela noite, embora em parte também devido a uma mudança completa do clima e do céu desde que ele entrara na pequena taberna, cerca de duas horas antes. Todos os vestígios da vibrante plumagem do nublado pôr do sol haviam sido varridos, e uma lua nua se mostrava num céu nu. A lua estava tão brilhante e cheia que (por um paradoxo frequentemente notado) parecia um sol mais fraco. Dava, não a sensação de luar brilhante, mas sim de uma luz amortecida do dia.

Sobre toda a paisagem havia uma descoloração luminosa e não natural, como aquele crepúsculo desastroso de que Milton[18] fala, como se fosse irradiado pelo sol em eclipse; de modo que Syme voltou facilmente à sua primeira ideia de que ele estava realmente em algum outro planeta mais vazio, que circulava em torno de alguma estrela mais triste. Mas quanto mais sentia essa desolação brilhante na terra enluarada, mais sua loucura cavalheiresca brilhava na noite como um grande fogo. Até mesmo as coisas comuns que ele carregava consigo (a comida, o conhaque e a pistola carregada) adquiriam exatamente aquela poesia concreta e material que uma criança sente quando leva uma arma num passeio ou um pãozinho para a cama. A bengala de estoque e o frasco de conhaque, embora em si sejam apenas ferramentas de conspiradores mórbidos, tornavam-se as expressões de seu próprio e mais sadio romance. A bengala de estoque quase se transformou na espada da cavalaria, e o conhaque, a taça de vinho de despedida. Pois mesmo as fantasias modernas mais desumanizadas dependem de alguma figura mais antiga e mais simples; as aventuras podem ser loucas, mas o aventureiro deve estar em seu juízo perfeito. Sem São Jorge, o dragão nem seria grotesco. Por isso era apenas a presença de um ser realmente humano que tornava imaginária essa paisagem inumana. Para a mente exagerada de Syme, as casas e os terraços brilhantes e frios à beira do Tâmisa pareciam tão vazios quanto as montanhas da lua. Mas mesmo a lua só é poética porque há um homem na lua.

A lancha era manobrada por dois homens e se deslocava com dificuldade e bem devagar. A lua clara que iluminava Chiswick já havia desaparecido quando passaram por Battersea, e quando passaram sob a enorme massa de Westminster, o dia já havia começado a raiar. Despontava como o rompimento de grandes barras de chumbo, mostrando barras de prata; e essas brilhavam como fogo branco quando a lancha, mudando seu

---

18 John Milton (1608-1674), poeta e escritor inglês. (N.T.)

curso, virou para dentro, para um grande cais de atracagem, um pouco além de Charing Cross.

As grandes pedras das docas pareciam igualmente escuras e gigantescas quando Syme olhou para elas. Surgiam grandes e negras contra o enorme amanhecer claro do dia. Fizeram-no sentir que estava aterrissando nos degraus colossais de algum palácio egípcio; e, de fato, a coisa combinava com seu estado de espírito, pois ele estava, em sua mente, subindo para atacar os tronos sólidos de horríveis reis pagãos. Saltou do barco para um degrau escorregadio e ficou de pé, firme, como um vulto escuro e esbelto, em meio à enorme construção de cantaria. Os dois homens da lancha afastaram-na novamente e seguiram rio acima. Não haviam proferida uma palavra sequer.

CAPÍTULO V

A FESTA DO MEDO

De início, a grande escadaria de pedra pareceu a Syme tão deserta como uma pirâmide; mas, antes de chegar ao topo, percebeu que havia um homem inclinado sobre o parapeito do cais e olhando para o outro lado do rio. Seu aspecto era perfeitamente normal, usando chapéu de seda e vestindo um fraque ao rigor da moda, com uma flor vermelha na lapela. Manteve-se imóvel enquanto Syme se aproximava passo a passo, até chegar bastante perto para perceber, mesmo na fraca luz da manhã que o rosto dele era comprido, pálido e intelectual, e terminava num pequeno tufo triangular de barba escura bem na ponta do queixo; todo o resto estava perfeitamente barbeado. Esse chumaço de cabelo quase parecia um mero descuido; o resto do rosto era do tipo que fica melhor barbeado... bem definido, ascético e, à sua maneira, nobre. Syme aproximou-se cada vez mais, observando tudo isso, e ainda assim o vulto não se mexeu.

Logo de início, um instinto dissera a Syme que aquele era o homem com quem deveria se encontrar. Então, vendo que o tipo não fazia nenhum sinal, havia concluído que não. E agora voltou a ter certeza de que o homem tinha algo a ver com sua louca aventura, pois permaneceu mais imóvel do que seria natural, se um estranho tivesse chegado tão perto. Estava parado como uma estátua de cera e, de qualquer modo, chegava a ser irritante. Syme olhou repetidamente para o pálido, digno e delicado rosto, que continuava a fitar de modo vazio e inexpressivo o outro lado do rio. Então ele tirou do bolso o certificado de Buttons comprovando sua eleição e o colocou diante daquele rosto triste e belo. O homem, finalmente, sorriu, e seu sorriso foi um choque, pois pendia todo para um lado, subindo pela bochecha direita e descendo pela esquerda.

Não havia nada, racionalmente falando, para ficar assustado com isso. Muitas pessoas têm esse tique nervoso de um sorriso torto, e em muitos é até atraente. Mas nas circunstâncias em que Syme se encontrava, num amanhecer escuro, a perigosa missão e a solidão nas grandes pedras encharcadas, era algo que realmente dava para enervar. Ali estava o rio silencioso e um homem também silencioso, um homem de um rosto até clássico. E como um último toque de pesadelo, aquele sorriso que subitamente deu errado.

O espasmo do sorriso foi instantâneo, e o rosto do homem reassumiu imediatamente uma melancolia harmoniosa. E passou a falar sem maiores explicações ou perguntas, como alguém conversando com um antigo colega.

– Se caminharmos em direção à Leicester Square – disse ele –, chegaremos a tempo para o café da manhã. Domingo sempre insiste em tomar o café da manhã cedo. Você dormiu?

– Não – respondeu Syme.

– Nem eu – replicou o homem, com naturalidade. – Vou tentar dormir um pouco depois do café da manhã.

Falava com cordial civilidade, mas com uma voz totalmente morta, que contradizia o fanatismo de seu rosto. Quase parecia que todas as palavras amigáveis eram para ele conveniências sem vida, e que sua vida se resumia no ódio. Depois de uma pausa, o homem tornou a falar.

– Claro que o secretário da sucursal lhe contou tudo o que pode ser contado. Mas a única coisa que nunca pode ser dita é a última ideia do presidente, pois suas ideias crescem como plantas numa floresta tropical. Então, caso você não saiba, é melhor que eu lhe diga que ele agora está propondo a ideia de nos ocultarmos, até os limites mais estranhos, não nos escondendo de modo algum. Originalmente, é claro, nos reuníamos em locais subterrâneos, assim como sua filial faz. Então Domingo nos obrigou a alugar um lugar privado num restaurante qualquer. Ele disse que, se não parecesse que estávamos nos escondendo, ninguém nos caçaria. Bem, sei que ele é homem único na terra, mas às vezes eu realmente penso que seu enorme cérebro está ficando um pouco enlouquecido com a velhice. De momento, pelo menos, nos exibimos diante do público. Tomamos nosso café da manhã numa varanda... numa varanda, imagine só, com vista para Leicester Square.

– E o que as pessoas dizem? – perguntou Syme.

– É muito simples o que dizem – respondeu seu guia. – Andam dizendo que somos um bando de cavalheiros alegres que fingem que são anarquistas.

– Parece-me uma ideia muito inteligente – disse Syme.

– Inteligente! Para os diabos com sua insolência! Inteligente! – exclamou o outro, em súbita e estridente voz, que era tão surpreendente e discordante quanto seu sorriso retorcido. – Depois que tiver visto Domingo por uma fração de segundo, deixará de chamá-lo de inteligente.

Com isso saíram de uma rua estreita e viram a luz do sol da manhã banhando a Leicester Square. Suponho que nunca se haverá de saber por que essa praça parece tão estrangeira e, sob certos aspectos, tão continental. Nunca se saberá se foi o aspecto estrangeiro que atraiu os estrangeiros ou se foram os estrangeiros que lhe deram esse aspecto. Mas naquela manhã em particular o efeito parecia singularmente brilhante e claro. Entre a praça aberta e as folhas ensolaradas e a estátua e os contornos sarracenos da Alhambra, parecia a réplica de alguma praça pública francesa ou mesmo espanhola. E esse efeito aumentou em Syme a sensação, que em muitas formas ele teve durante toda a aventura, a estranha sensação de ter se perdido num mundo novo. Na verdade, ele comprava charutos ruins em Leicester Square desde menino. Mas, quando virou aquela esquina, e viu as árvores e as cúpulas mouriscas, ele poderia jurar que estava entrando numa praça de qualquer coisa desconhecida em alguma cidade estrangeira.

Num canto da praça projetava-se uma espécie de ângulo de um hotel luxuoso, mas tranquilo, cuja parte maior da construção dava para uma rua que passava atrás. Na parede havia uma grande janela francesa, provavelmente a de uma grande sala de café; e por fora dessa janela, quase literalmente suspensa sobre a praça, uma varanda com formidável balaustrada, de tamanho suficiente para conter uma mesa de jantar. Na verdade, continha uma mesa de jantar, ou mais estritamente uma mesa de café da manhã; e em volta dessa mesa, expostos à luz do sol e evidentemente para a rua, estavam alguns homens barulhentos e falantes, todos vestidos à última moda, com coletes brancos e botoeiras caras. Algumas de suas piadas quase podiam ser ouvidas do outro lado da praça. Então o severo secretário deu seu sorriso artificial, e Syme compreendeu que aquele café da manhã barulhento era o conclave secreto dos dinamiteiros europeus.

Depois, enquanto Syme continuava a observá-los, viu algo que não tinha visto antes. Não o tinha visto literalmente porque era grande demais para ser visto. Na extremidade mais próxima da varanda, tapando grande parte da perspectiva, estavam as costas de um homem que parecia uma grande montanha. Quando Syme o viu, seu primeiro pensamento foi que seu peso deveria fazer desmoronar a varanda de pedra. Sua vastidão não residia apenas no fato de ele ser anormalmente alto e incrivelmente gordo. Suas proporções originais tinham sido desenhadas em grande escala, como aquelas de uma estátua destinada a ser esculpida em tamanho colossal. Sua cabeça, coroada de cabelos brancos, vista por trás, parecia maior do que uma cabeça deveria ser. As orelhas que se destacavam pareciam maiores que as orelhas humanas. Estava terrivelmente aumentado em escala; e essa sensação de tamanho era tão impressionante que, quando Syme o viu, todas as outras figuras pareceram subitamente diminuir e tornar-se anãs. Eles ainda estavam ali sentados como antes, com suas flores e sobrecasacas, mas agora parecia que o grandalhão tinha convidado cinco crianças para tomar chá.

Quando Syme e o guia se aproximaram da porta lateral do hotel, um garçom veio ao encontro deles com um sorriso que deixava à mostra todos os dentes.

– Os cavalheiros estão lá em cima, senhores – disse ele. – Eles falam e riem do que falam. Dizem que vão jogar bombas no rei.

E o garçom se afastou rapidamente com um guardanapo no braço, muito satisfeito com a singular frivolidade dos cavalheiros lá em cima.

Os dois homens subiram as escadas em silêncio.

Syme não tinha pensado em perguntar se o homem monstruoso que quase enchia e partia a varanda era o grande presidente que todos os outros temiam. Ele sabia que era assim, com uma certeza inexplicável, mas instantânea. Syme, de fato, era um daqueles homens que estão abertos a todas as influências psicológicas mais anônimas, num grau um pouco perigoso para a saúde mental. Totalmente desprovido de medo de perigos físicos, era muito sensível ao odor do mal espiritual. Já duas vezes naquela noite pequenas coisas sem sentido o haviam sobressaltado e lhe dado a sensação de estar cada vez mais perto da sede do inferno. E essa sensação foi se tornando avassaladora à medida que se aproximava do grande presidente.

A forma que assumiu foi a de uma fantasia infantil, mas odiosa. Enquanto ele atravessava a sala interna em direção à varanda, o grande rosto de Domingo foi ficando cada vez maior; e Syme foi dominado pelo medo de que, ao chegar bem perto, o rosto fosse grande demais para que não pudesse olhar para ele sem gritar. Lembrou-se de que, quando criança, não olhava para a máscara de Mêmnon do Egito no Museu Britânico, porque era um rosto grande demais.

Fazendo um esforço, mais corajoso do que saltar de um penhasco, ele foi até um lugar vazio à mesa do café da manhã e sentou-se. Os homens o cumprimentaram com zombarias bem-humoradas, como se o conhecessem há muito tempo. Acalmou-se um pouco ao olhar para seus casacos convencionais e para a cafeteira sólida e brilhante. Então tornou a olhar para Domingo. Seu rosto era muito grande, mas ainda possível para um ser humano.

Na presença do presidente, todo o grupo parecia bastante comum; nada neles chamava a atenção a princípio, exceto que, por capricho do presidente, eles estavam vestidos com uma respeitabilidade festiva, o que dava à refeição a aparência de um café da manhã de casamento. Um homem, no entanto, se destacava, mesmo com mera observação superficial. Era, pelo visto, um dinamiteiro de jardim ou vulgar. Ele usava, de fato, o colarinho branco alto e a gravata de cetim, que eram o uniforme de ocasião; mas desse colar surgia uma cabeça bastante incontrolável e inconfundível, um desconcertante chumaço de cabelo castanho e barba que quase obscurecia os olhos, como os de um cão da raça skye terrier. Mas os olhos pareciam saltar do emaranhado, e eram os olhos tristes de um servo russo. O efeito dessa figura não era terrível como a do presidente, mas tinha todo o ar diabólico que pode provir do totalmente grotesco. Se daquela gravata e daquele colarinho rígido tivesse surgido de repente a cabeça de um gato ou de um cão, não poderia ter sido um contraste mais disparatado.

Ao que parecia, o nome do homem era Gogol; era um polonês, e nesse círculo de dias era chamado de Terça-feira. Sua alma e suas palavras eram incuravelmente trágicas; não era capaz de encontrar um modo de desempenhar o papel próspero e frívolo que lhe era exigido do presidente Domingo. E, de fato, quando Syme entrou, o presidente estava – com aquele ousado desrespeito pela suspeita pública que era sua política –, na verdade, zombando de Gogol por sua incapacidade de fingir talentos mundanos de ocasião.

– Nosso amigo Terça-feira – disse o presidente com voz profunda, ao mesmo tempo calma e volumosa –, nosso amigo Terça-feira parece não entender a ideia. Ele se veste como os elegantes cavalheiros, mas parece ter uma grandeza de alma tão superior, que não consegue se comportar como eles. Insiste nos caminhos do conspirador de palco. Ora, se um cavalheiro anda por Londres de cartola e sobrecasaca, ninguém vai saber que ele é anarquista. Mas se um cavalheiro usar cartola e sobrecasaca, e andar engatinhando... bem, então ele pode atrair a atenção. É isso que o irmão Gogol faz. Ele anda de quatro com uma diplomacia inesgotável, que a essa altura ele já acha bastante difícil andar ereto.

– Não levo muito jeito para disfarces – disse Gogol, mal-humorado, com um forte sotaque estrangeiro. – Não tenho vergonha da causa.

– Você se envergonha, sim, meu rapaz, e a causa se envergonha de você – disse o presidente, benignamente. – Você se esconde tanto quanto qualquer outro; mas você não sabe como fazê-lo, seu grande idiota! Você tenta combinar dois métodos inconsistentes. Quando um chefe de família encontra um homem debaixo da cama, ele provavelmente fará uma pausa para considerar a circunstância. Mas se ele encontrar um homem debaixo da cama com uma cartola, você vai concordar comigo, meu caro Terça-feira, que ele provavelmente nunca mais vai esquecer isso. Ora, quando você foi encontrado debaixo da cama do almirante Biffin...

– Eu não levo jeito para enganar – disse Terça-feira, sombrio e corando.

– Tudo bem, meu rapaz, tudo bem – disse o presidente com ponderada sinceridade. – Você não leva jeito para nada.

Enquanto essa conversa continuava, Syme ficou olhando com mais atenção para os homens que o rodeavam. Ao fazê-lo, sentiu que ia voltando aos poucos toda a sensação de algo espiritualmente estranho.

Ele pensou, a princípio, que todos eram de estatura e trajes comuns, com a evidente exceção do cabeludo Gogol. Mas, quando olhou para os outros, começou a ver em cada um deles exatamente o que tinha visto no homem à beira do rio, um detalhe demoníaco em algum lugar. Aquela risada retorcida, que de repente desfigurava o belo rosto de seu primeiro guia, era típico em todos eles. Cada um tinha qualquer coisa, percebida talvez no décimo ou no vigésimo olhar, que não era normal e que dificilmente parecia humano. A única metáfora que ele conseguiu pensar foi a de que todos eles se pareciam com homens elegantes de presença, com um toque adicional propiciado por um espelho falso e curvo.

Apenas os exemplos individuais podem expressar essa excentricidade meio disfarçada. O cicerone original de Syme tinha o título de Segunda-feira; era o secretário do Conselho, e seu sorriso distorcido era visto com mais terror do que qualquer coisa, excetuando o horrível e alegre riso do presidente. Mas agora que Syme tinha mais espaço e luz para observá-lo, havia outros tópicos. Seu belo rosto estava tão emaciado, que Syme pensava que devia ter sido desgastado com alguma doença; assim mesmo e de algum modo, a própria angústia de seus olhos escuros negava isso. Não era nenhum mal físico que o incomodava. Seus olhos deixavam transparecer tortura intelectual, como se o simples pensamento fosse dor.

Ele era um representante típico da tribo; cada homem era sutil e diferentemente esquisito. Ao lado dele sentou-se Terça-feira, o Gogol de cabeça desgrenhada, um homem obviamente doido. Logo a seguir estava Quarta-feira, certo Marquês de St. Eustache, figura suficientemente característica. Os primeiros olhares não encontraram nada de incomum nele, exceto que era o único homem à mesa que usava as roupas da moda como se fossem realmente suas. Tinha uma barba preta francesa cortada em quadrado e uma sobrecasaca preta inglesa ainda mais quadrada. Mas Syme, sensível a essas coisas, sentiu de alguma forma que o homem carregava consigo uma atmosfera rica, uma atmosfera rica que sufocava. Lembrava irracionalmente os odores anestesiantes e as lâmpadas apagadas dos poemas mais sombrios de Byron[19] e de Poe[20]. Com isso veio a sensação de que ele estava

---

19 George Gordon Byron, conhecido como Lord Byron (1788-1824), poeta britânico, figura de destaque da escolar romântica. (N.T.)
20 Edgar Allan Poe (1809-1849), poeta e crítico literário norte-americano. (N.T.)

vestido, não com cores mais claras, mas em materiais mais macios; seu preto parecia mais rico e mais quente do que as sombras negras a seu redor, como se fosse composto de cores profundas. Seu casaco preto parecia apenas preto por ser de um roxo muito denso. Sua barba preta parecia preta apenas por ser de um azul muito profundo. E na escuridão e na espessura da barba, sua boca vermelha escura mostrava-se sensual e desdenhosa. Fosse o que fosse, não era francês; podia ser judeu; poderia ser algo ainda mais profundo no coração sombrio do Oriente. Nos azulejos persas de cores vivas e nas imagens que mostram tiranos caçando, você pode ver apenas aqueles olhos amendoados, aquelas barbas preto-azuladas, aqueles lábios cruéis e vermelhos.

Depois vinha Syme, e a seguir um homem muito velho, professor De Worms, que ainda mantinha a cadeira de Sexta-feira, embora todos os dias se esperasse que sua morte a deixasse vazia. Exceto por seu intelecto, estava no último estágio da decadência senil. Seu rosto era tão cinza quanto sua longa barba grisalha, sua testa levantada parecia presa às derradeiras rugas do desespero. Em nenhum outro caso, nem mesmo no de Gogol, o brilho do noivo no traje matinal expressava um contraste mais doloroso, pois a flor vermelha em sua lapela aparecia contra um rosto literalmente descolorido como chumbo; todo o efeito hediondo era como se alguns dândis bêbados tivessem vestido um cadáver com suas roupas. Quando se levantava ou se sentava, o que fazia com grande custo e perigo, algo pior era expresso do que mera fraqueza, algo indefinidamente ligado ao horror de toda a cena. Não expressava apenas decrepitude, mas decomposição. Outra fantasia odiosa passou pela mente trêmula de Syme. Não pôde deixar de pensar que sempre que o homem se mexesse, uma perna ou um braço poderia cair.

Bem no fim estava sentado o homem chamado Sábado, o mais simples e o mais desconcertante de todos. Era baixinho, quadrado com uma pele escura, rosto quadrado bem barbeado, médico atendendo pelo nome de Bull. Ele tinha aquela combinação de *savoir-faire* com uma espécie de grosseria bem cuidada que não é incomum em jovens médicos. Usava suas roupas finas com confiança, mas não bem à vontade, e esboçava principalmente um sorriso definido. Não havia nada de estranho nele, exceto que usava um par de óculos escuros, quase opacos. Poderia ser apenas um crescendo de capricho nervoso que persistia em Syme, mas aqueles discos pretos eram terríveis para ele; lembravam-lhe vagamente histórias medonhas de moedas sendo colocadas nos olhos dos mortos. O olhar de Syme sempre se fixava nos óculos escuros e no sorriso de desdém. Se o professor moribundo os tivesse usado, ou mesmo o pálido secretário, teriam sido apropriados. Mas, para o homem mais jovem e mais grosseiro, pareciam apenas um enigma. Não havia como decifrar aquele rosto. Não havia como saber o que significava seu sorriso ou sua gravidade. Em parte por isso, e em parte porque tinha uma virilidade vulgar, que faltava à maioria dos outros; pareceu a Syme que ele poderia ser o mais perverso de todos aqueles homens perversos. Syme chegou a pensar que seus olhos poderiam estar tapados porque eram demasiado assustadores para serem vistos.

CAPÍTULO VI

O DESMASCARAMENTO

Assim eram os seis homens que haviam jurado destruir o mundo. Muitas vezes Syme se esforçou para manter o bom senso na presença deles. Às vezes, via por momentos que essas ideias eram subjetivas, que ele estava apenas olhando para homens comuns, um dos quais era velho, outro nervoso, outro míope. A sensação de um simbolismo antinatural sempre voltava a se apoderar dele. Cada figura parecia estar, de alguma forma, no limite das coisas, assim como a teoria deles estava nos limites do pensamento. Sabia que cada um desses homens estava no extremo, por assim dizer, de uma louca caminhada do raciocínio. Só podia imaginar, como numa fábula do mundo antigo que, se um homem seguisse em direção ao Ocidente até o fim do mundo, encontraria alguma coisa – digamos, uma árvore – que seria mais ou menos uma árvore, uma árvore possuída por um espírito; e que, se seguisse para o Oriente, até o fim do mundo, haveria de encontrar outra coisa que não seria realmente essa coisa – uma torre, talvez, cuja própria forma fosse perversa. Então essas figuras pareciam se levantar, violentas e inexplicáveis, contra um horizonte derradeiro, visões dos limites do além. Os extremos da terra estavam se aproximando um do outro.

A conversa prosseguia continuamente enquanto ele observava a cena; e não menos importante dos contrastes daquela desconcertante mesa de café da manhã era o contraste entre o tom fácil e discreto da conversa e seu terrível significado. Eles estavam profundamente envolvidos na discussão de uma trama real e imediata. O garçom do andar de baixo tinha falado muito bem quando disse que estavam falando sobre bombas e reis. Apenas três dias depois o Czar se encontraria com o presidente da República Francesa em Paris; e, comendo bacon e ovos, na varanda ensolarada, esses radiantes cavalheiros haviam decidido como ambos deveriam morrer. Até a arma estava escolhida; o Marquês de barba negra, ao que parece, deveria carregar a bomba.

Num caso normal, a proximidade desse crime prático e objetivo teria acalmado Syme, e o teria curado de todos os seus temores meramente místicos. Não teria pensado em nada além da necessidade de evitar pelo menos que dois corpos humanos fossem despedaçados por ferro e pela explosão de gás. Mas a verdade é que a essa altura começou a sentir um terceiro tipo de medo, mais penetrante e prático do que sua repulsa moral ou sua responsabilidade social. Era simplesmente isso: não tinha medo de salvar o presidente francês ou o czar; tinha começado a temer por si mesmo. A maioria dos palestrantes dava pouca atenção a ele; debatiam com seus pares mais próximos, e quase sempre sérios, exceto quando, por um instante, o sorriso do secretário percorria seu rosto, assim como o relâmpago irregular percorre o céu. Mas havia uma coisa persistente que, de início, perturbou Syme e, por fim, o aterrorizou. O presidente estava sempre olhando para ele, com firmeza, e com um grande e desconcertante interesse. O enorme homem estava bastante quieto, mas seus olhos azuis saltavam de sua testa. E estavam sempre fixos em Syme.

Syme sentiu-se impelido a levantar-se e a saltar da varanda. Quando os olhos do presidente o fitavam, ele se sentia como se fosse feito de vidro. Não tinha a menor dúvida de que, de alguma forma silenciosa e extraordinária, Domingo descobrira que ele era um espião. Espreitou por cima da balaustrada e viu um policial, parado distraidamente logo abaixo, olhando para as grades brilhantes e para as árvores iluminadas pelo sol.

Então sofreu a grande tentação que o atormentaria por muitos dias. Na presença desses homens poderosos e repulsivos, que eram os príncipes da anarquia, ele quase havia esquecido a figura frágil e extravagante do poeta Gregory, mero esteta do anarquismo. Até pensou nele agora com uma antiga gentileza, como se tivessem brincado juntos quando crianças. Mas lembrou-se de que ainda estava ligado a Gregory por uma grande promessa. Havia prometido nunca fazer exatamente aquilo que agora se sentia quase prestes a fazer. Havia prometido não pular aquela sacada e falar com aquele policial. Tirou a mão fria da fria balaustrada de pedra. Sua alma oscilava numa vertigem de indecisão moral. Ele só teria de romper o fio de uma promessa precipitada feita a uma sociedade malvada, e toda a sua vida poderia ser tão aberta e ensolarada quanto a praça logo abaixo. Por outro lado, tinha apenas que manter sua honra antiquada, e ser entregue, polegada a polegada, ao poder desse grande inimigo da humanidade, cujo próprio intelecto era uma câmara de tortura. Sempre que olhava para a praça, via o policial confortável, um pilar do bom senso e da ordem comum. Sempre que olhava para a mesa do café da manhã, via o presidente que ainda o estudava em silêncio, com olhos grandes e insuportáveis.

Em toda essa torrente de pensamentos, havia duas ideias que nunca lhe passaram pela cabeça. Em primeiro lugar, nunca lhe ocorreu duvidar que o presidente e seu Conselho pudessem esmagá-lo, se continuasse sozinho. O local pode ser público, o projeto pode parecer impossível. Mas Domingo não era homem para se exibir tão facilmente sem ter, de alguma forma ou em algum lugar, preparado sua armadilha mortal. Seja por veneno anônimo ou acidente de rua repentino, por hipnotismo ou pelo fogo do inferno, Domingo certamente poderia liquidar com ele. Se desafiasse o homem, provavelmente estaria morto, ou logo ali em sua cadeira ou muito tempo depois, como por uma doença aparentemente natural. Se ele chamasse a polícia de imediato, prendesse todo mundo, contasse tudo, e colocasse contra eles toda a energia da Inglaterra, ele provavelmente escaparia; de outra forma, certamente que não. Estava numa varanda repleta de cavalheiros, varanda que dava para uma praça iluminada e movimentada; mas não se sentia mais seguro com eles do que se estivesse num barco cheio de piratas armados, olhando para um mar vazio.

Houve um segundo pensamento que nunca lhe ocorrera. Nunca havia pensado que pudesse ser espiritualmente conquistado pelo inimigo. Muitos modernos, habituados a uma fraca adoração do intelecto e da força, poderiam ter vacilado em sua lealdade sob a opressão de uma grande personalidade. Poderiam ter chamado Domingo de super-homem. Se tal criatura fosse concebível, ele, com sua abstração que faz tremer a terra como uma estátua de pedra andando, deveria se parecer bastante com ela. Com seus grandes planos, que eram óbvios demais para serem detectados, com seu grande rosto, que era muito franco para ser compreendido, ele poderia merecer da parte deles um título que transcendesse o de homem. Mas essa era uma espécie de mesquinhez moderna na qual Syme não podia cair, mesmo se estivesse em extremo estado de morbidez. Como qualquer homem, era suficientemente covarde para temer uma grande força; mas não era suficientemente covarde para admirá-la.

Os homens comiam enquanto conversavam, e até nisso eram típicos. O dr. Bull e o marquês se serviam com toda a naturalidade do que havia de melhor na mesa: faisão frio ou torta de Estrasburgo. Mas o secretário era vegetariano, e falava com seriedade sobre o projeto de assassinato diante de meio tomate cru e três quartos de copo de água morna. O velho professor tinha falhas que sugeriam uma segunda infância doentia. E mesmo nisso o presidente Domingo preservava seu curioso predomínio sobre a simples massa, pois ele comia por vinte homens. Comia incrivelmente, com um terrível apetite sempre insaciável, de modo que vê-lo comer era como assistir a uma fábrica produzindo salsichas. E sempre, depois de engolir uma dúzia de bolinhos ou de beber um litro de café, era visto com a grande cabeça inclinada para o lado, olhando para Syme.

– Muitas vezes me perguntei – disse o marquês, dando uma boa mordida numa fatia de pão com geleia – se não seria melhor eu fazer isso com um punhal. A maioria dos melhores atentados foi realizada com um punhal. E seria uma emoção nova enfiar um punhal num presidente francês e retorcê-lo.

– Você está bem enganado – disse o secretário, franzindo as sobrancelhas negras. – O punhal era apenas o símbolo de antiga disputa pessoal com um único tirano. A dinamite não é apenas a nossa melhor ferramenta, mas nosso melhor símbolo. É um símbolo tão perfeito para nós quanto o incenso das orações dos cristãos. Ela se expande; só destrói porque se expande; também o pensamento só destrói porque se expande. O cérebro de um homem é uma bomba – exclamou ele, liberando repentinamente sua estranha paixão e batendo no próprio crânio com violência. – Meu cérebro parece uma bomba, noite e dia. Deve se expandir! Tem de se expandir! O cérebro de um homem deve expandir-se, mesmo que com isso venha a explodir com o universo.

– Eu não quero que o universo se desfaça ainda – falou lentamente o marquês. – Quero fazer muitas coisas horríveis antes de morrer. Ontem, na cama, pensei numa delas.

– Não, se o único fim da coisa for o nada – disse o dr. Bull com seu sorriso de esfinge –, dificilmente parece valer a pena fazer.

O velho professor olhava para o teto com olhos mortiços.

– Todo homem sabe em seu coração – disse ele – que nada vale a pena fazer.

Houve um silêncio singular, e então o secretário disse:

– Estamos, contudo, nos afastando do assunto. A única questão é como Quarta-feira irá desferir o golpe. Presumo que todos deveríamos concordar com a ideia original da bomba.

Quanto aos pormenores reais, sugiro que amanhã de manhã ele vá primeiro para...

O discurso foi interrompido por uma vasta sombra. O presidente Domingo se levantou, parecendo preencher o céu acima deles.

– Antes de discutirmos isso – disse ele, em voz baixa e calma –, vamos para uma sala reservada. Tenho algo muito especial a dizer.

Syme levantou-se antes de qualquer um dos outros. O momento da escolha tinha finalmente chegado, a pistola estava apontada para sua cabeça. Na calçada da frente, ele podia ouvir o policial se mexer e bater os pés, pois a manhã, embora clara, estava fria.

Um realejo na rua rompeu, de repente, numa jovial melodia. Syme levantou-se tenso, como se tivesse sido uma corneta antes da batalha. Sentiu-se cheio de uma coragem sobrenatural que veio do nada. Aquela música tilintante parecia repleta de vivacidade, da vulgaridade e do valor irracional dos pobres, que em todas aquelas ruas sujas se agarravam às decências e às caridades da cristandade. Sua brincadeira juvenil de ser policial havia desaparecido de sua mente; não se considerava o representante do corpo de cavalheiros transformados em policiais sofisticados, ou do velho excêntrico que vivia no quarto escuro. Mas se sentia como o embaixador de todas essas pessoas comuns e gentis das ruas, que todos os dias marchavam para a batalha ao som do realejo. E esse grande orgulho de ser humano elevou-o inexplicavelmente a uma altura infinita acima dos homens monstruosos que o rodeavam. Por um instante, pelo menos, olhou para todas as excentricidades deles do alto do pináculo estrelado do lugar-comum. Sentia em relação a eles toda aquela superioridade inconsciente e elementar que um homem corajoso sente com relação aos animais poderosos ou um homem sábio em relação aos grandes erros. Sabia que não tinha nem a força intelectual nem a força física do presidente Domingo; mas naquele momento não se importava mais do que com o fato de não ter os músculos de um tigre ou um chifre no nariz como o de um rinoceronte. Tudo era abafado pela certeza absoluta de que o presidente estava errado e que o realejo estava certo. Ressoava em sua mente aquele truísmo irrespondível e terrível na canção de Roland: "*Païens ont tort et Chrétiens ont droit*"[21] que, no antigo francês nasal, tinha o clangor e o gemido do ferro maciço. Essa libertação de seu espírito do peso de sua fraqueza foi acompanhada por uma decisão bastante clara de abraçar a morte. Se o povo do realejo era capaz de cumprir as suas obrigações do velho mundo, ele também poderia. Esse mesmo orgulho em manter sua palavra era que ele a cumpria com os malfeitores. Era seu último triunfo sobre esses lunáticos descer ao quarto escuro deles e morrer por algo que eles nem conseguiam entender. O realejo parecia dar a melodia da marcha com a energia e os ruídos mesclados de uma orquestra inteira; e ele podia ouvir profundos e ribombantes, sob todas as trombetas do orgulho da vida, os tambores do orgulho da morte.

Os conspiradores já estavam entrando pela janela aberta e ocupando os quartos de trás. Syme foi o último, exteriormente calmo, mas com todo o seu cérebro e corpo pulsando em ritmo romântico. O presidente conduziu-os por uma escada lateral irregular, que devia ser usada por servos, até um cômodo vazio, mal iluminado e frio, com mesa e bancos, como uma copa abandonada. Quando todos eles estavam no recinto, ele fechou a porta e a trancou à chave.

O primeiro a falar foi Gogol, o irreconciliável, que parecia explodir por queixas que tinha a fazer.

– Então! Então! – gritou ele, com uma excitação obscura e seu forte sotaque polonês tornando-se quase impenetrável. – Vocês dizem que se escondem! Vocês dizem para se mostrar! É

---

21 Em francês, no original: "Os pagãos estão errados e os cristãos estão certos", verso de *La Chanson de Roland* (A canção de Rolando), poema épico composto no século XI, em francês antigo; é a canção de gesta medieval mais antiga composta e cantada numa língua românica ou neolatina. (N.T.)

tudo bobagem. Quando vocês querem falar sobre coisas importantes, se trancam numa caixa escura!

O presidente pareceu encarar a sátira incoerente do estrangeiro com todo o bom humor.

– Você ainda não aprendeu, Gogol – disse ele, com ar paternal. – Quando nos ouvirem falar bobagens naquela varanda, não se importarão para onde iremos depois. Se tivéssemos vindo aqui primeiro, teríamos todo o pessoal espiando pelo buraco da fechadura. Você parece não saber nada sobre a humanidade.

– Eu morro por eles – gritou o polonês com grande excitação – E eu mato os opressores deles. Não gosto desses jogos às escondidas. Eu mataria o tirano em praça pública.

– Entendo, entendo – disse o presidente, balançando a cabeça gentilmente enquanto se sentava à cabeceira de uma longa mesa. – Você morre pela humanidade primeiro, e então se levanta e ataca seus opressores. Então está tudo bem. E agora posso pedir-lhe que controle seus belos sentimentos e se sente com os outros cavalheiros a essa mesa. Pela primeira vez essa manhã algo inteligente será dito.

Syme, com a perturbada prontidão que demonstrara desde a convocação inicial, foi o primeiro a sentar-se. Gogol foi o último, resmungando por baixo de sua barba castanha qualquer coisa sobre empenhos. Ninguém, exceto Syme, parecia ter qualquer noção do que iria acontecer. Quanto a ele, tinha apenas a sensação de um homem subindo no cadafalso com a intenção, a qualquer custo, de fazer um bom discurso.

– Camaradas! – disse o presidente, levantando-se subitamente. – Essa farsa já durou bastante tempo. Chamei-os aqui para lhes contar algo tão simples e chocante que até os garçons, lá de cima, (há muito habituados às nossas leviandades) poderiam detectar uma nova seriedade em minha voz. Camaradas, estávamos discutindo planos e citando lugares. Proponho, antes de dizer qualquer outra coisa, que esses planos e locais não devem ser votados nessa reunião, mas devem ser deixados inteiramente aos cuidados de algum membro confiável. Sugiro o camarada Sábado, o dr. Bull.

Todos olharam para ele com espanto e depois não puderam evitar um sobressalto, porque as palavras que se seguiram, embora não fossem ditas em voz muito alta, se revestiam de uma ênfase viva e sensacional. Domingo bateu na mesa.

– Nem mais uma palavra sobre os planos e locais deve ser dita nesta reunião. Nem um detalhe a mais sobre o que pretendemos fazer deve ser mencionado nesta assembleia.

Domingo passara a vida surpreendendo seus seguidores; mas parecia que ele nunca os havia realmente surpreendido até agora. Todos eles se moviam febrilmente em seus assentos, exceto Syme. Ele se sentou rígido em seu lugar, com a mão no bolso, agarrada ao cabo de seu revólver carregado. Quando o ataque fosse desferido, ele venderia sua vida por um alto preço. Descobriria pelo menos se o presidente era mortal.

Domingo continuou com suavidade:

– Provavelmente compreenderão que só existe um motivo possível para proibir a liberdade de expressão nesse festival da liberdade. Estranhos que possam nos ouvir, de nada importa. Eles presumem que estamos brincando. Mas o que teria importância, até mesmo mortal, seria o fato de que houvesse entre nós alguém realmente que não fosse dos nossos, que conhecesse nosso grave propósito, mas não compartilhasse, que...

O secretário se pôs subitamente a gritar como uma mulher.

– Não pode ser! – gritou ele, saltando. – Não pode...

O presidente bateu a mão enorme e espalmada sobre a mesa, mão que parecia a barbatana de um enorme peixe.

– Sim – disse ele, lentamente –, há um espião nesta sala. Há um traidor nesta mesa. Não vou desperdiçar mais palavras. O nome dele...

Syme soergueu-se um pouco de seu lugar, mantendo o dedo firme no gatilho.

– O nome dele é Gogol – disse o presidente. – É aquele farsante cabeludo que finge ser polonês.

Gogol levantou-se de um salto, com uma pistola em cada mão. Com a mesma rapidez, três homens saltaram sobre ele e até o professor fez um esforço para se levantar. Mas Syme viu pouco da cena, pois ficara cego por uma escuridão benéfica; caiu sentado em sua cadeira, estremecendo, numa paralisia de gratificante alívio.

CAPÍTULO VII

A INEXPLICÁVEL CONDUTA DO PROFESSOR DE WORMS

– Sentem-se! – vociferou Domingo, com uma voz que usou uma ou duas vezes em sua vida, voz que fazia os homens deixar cair das mãos espadas desembainhadas.

Os três que se haviam levantado largaram Gogol, e até aquela pessoa equívoca voltou a sentar-se.

– Bem, meu senhor – disse o presidente rispidamente, dirigindo-se a ele como alguém se dirige a um estranho –, você poderia me fazer o favor de pôr a mão no bolso superior do colete e me mostrar o que você tem aí?

O suposto polonês estava um pouco pálido sob o emaranhado de cabelos escuros, mas enfiou dois dedos no bolso com aparente frieza e tirou um cartão azul. Quando Syme o viu sobre a mesa, acordou novamente para o mundo exterior. Porque, embora o cartão estivesse no outro extremo da mesa, e ele não conseguisse ler nada do que estava escrito nele, tinha uma semelhança surpreendente com o cartão azul em seu bolso, cartão que lhe fora dado quando ingressou na polícia antianarquista.

– Eslavo patético – disse o presidente –, trágica criança da Polônia, você está preparado, na presença desse cartão, para negar que está nesta reunião... digamos, *de trop*?[22]

– Certo, oh! – disse o ex-Gogol. Isso fez todo mundo pular ao ouvir uma voz clara, comercial e um tanto londrina saindo daquela floresta de cabelos estrangeiros. Era tão irracional, como se um chinês tivesse subitamente falado com sotaque escocês.

– Quero crer que compreende perfeitamente sua situação – disse Domingo.

– Sem dúvida – respondeu o polonês. – Vejo que fui caçado com habilidade. Só digo que não acredito que algum polaco pudesse ter imitado meu sotaque como eu fiz com o dele.

– Concedo esse ponto – disse Domingo. – Acredito que seu sotaque seja inimitável, embora eu possa praticá-lo em meu banho. Você se importa de deixar sua barba junto com seu cartão?

– Nem um pouco – respondeu Gogol; e com um dedo ele arrancou toda a cobertura desgrenhada de sua cabeça, deixando à vista cabelos ralos e ruivos e uma cara pálida e atrevida. E acrescentou: – Estava muito quente.

– Vou lhe fazer justiça dizendo – continuou Domingo, não sem uma espécie de admiração brutal – que você parece ter se mantido bem calmo diante disso. Agora me escute. Gosto de você e, em decorrência, ficaria aborrecido por cerca de dois minutos e meio se soubesse que você morreu em meio a tormentos. Bem, se você contar à polícia ou a qualquer ser humano sobre nós, terei esses dois minutos e meio de desconforto. Sobre o desconforto que você terá não vou insistir. Bom dia. Cuidado com o degrau.

O detetive de cabelo ruivo, que se disfarçava de Gogol, levantou-se sem dizer palavra e saiu da sala com ar de perfeita indiferença. O apavorado Syme, no entanto, conseguiu perceber que esse à-vontade foi subitamente posto à prova, pois houve um

---

22 Em francês, no original e significa "demais" ou "de sobra, sobrando". (N.T.)

leve tropeço do lado de fora da porta, o que mostrou que o detetive não tomara cuidado com o degrau.

– O tempo está voando – disse o presidente de modo bem alegre, depois de olhar para o relógio que, como tudo nele, parecia maior do que deveria ser. Devo partir imediatamente; tenho de assumir a presidência de uma reunião humanitária.

O secretário virou-se para ele com as sobrancelhas franzidas.

– Não seria melhor – disse ele, um pouco bruscamente – discutir mais detalhadamente os pormenores de nosso projeto, agora que o espião nos deixou?

– Não, acho que não – disse o presidente com um bocejo que parecia um discreto terremoto. – Deixe tudo como está. Deixe Sábado resolver isso. Tenho de ir. Café da manhã aqui no próximo domingo.

Mas as últimas cenas barulhentas despertaram os nervos quase à flor da pele do secretário. Ele era um daqueles homens que são conscienciosos até no crime.

– Devo protestar, Presidente, pois isso é irregular – disse ele. – É regra fundamental de nossa sociedade que todos os planos sejam debatidos em conselho pleno. Claro, aprecio inteiramente sua prudência quando na presença real de um traidor...

– Secretário – disse o presidente, seriamente. – Se você levar a cabeça para casa e a ferver numa panela pode ser que sirva para alguma coisa. Não garanto. Mas talvez...

O Secretário recuou com uma espécie de raiva equina.

– Eu realmente não consigo entender... – falou ele, muito ofendido.

– É isso, é isso – disse o presidente, meneando a cabeça muitas vezes. – É aí que você falha. Você não consegue entender. Ora, seu asno dançarino – rugiu ele, levantando-se –, você não queria ser ouvido por um espião, não é verdade? Como pode saber que não há nenhum ouvindo-o agora?

E, com essas palavras, ele saiu da sala, tremendo de desprezo incompreensível.

Dos restantes, quatro olharam boquiabertos para ele, sem qualquer aparente vislumbre do que ele queria dizer. Somente Syme teve esse lampejo e o fez gelar até os ossos. Se as últimas palavras do presidente significavam alguma coisa, queriam dizer que, afinal, ele não havia passado despercebido. Queriam dizer que, embora Domingo não pudesse desmascará-lo como Gogol, não podia confiar nele como nos outros.

Os outros quatro se levantaram resmungando mais ou menos e foram a outro lugar para almoçar, pois já passava do meio-dia. O professor foi o último a ir embora, muito lentamente e com dificuldade.

Syme ficou ainda por longo tempo depois de o resto ter ido embora, remoendo sua estranha situação. Havia escapado de um raio, mas ainda continuava sob uma nuvem. Por fim, levantou-se e saiu do hotel para Leicester Square. O dia claro e frio tinha esfriado ainda mais, e quando saiu para a rua foi surpreendido por alguns flocos de neve. Levava ainda consigo a bengala de estoque e o resto da bagagem portátil de Gregory; mas tinha tirado a capa e a havia deixado em algum lugar, talvez na lancha a vapor, talvez na varanda. Esperando, portanto, que a neve fosse leve, saiu da rua por um momento e se abrigou sob a porta de um pequeno e engordurado salão de cabeleireiro, cuja vitrine da frente, quase vazia, mostrava somente um manequim de cera doentio num vestido de noite.

A neve, porém, começou a cair mais densa e rapidamente. Syme, achando que um olhar para a dama de cera era suficiente para lhe tirar o ânimo, preferiu, em vez disso, olhar para a rua branca e vazia. Ficou muito surpreso ao ver um homem, parado do lado de fora da loja e olhando para a vitrine. Sua cartola estava carregada de neve como o capuz do Papai Noel; a neve branca subia em torno de suas botas e tornozelos; mas parecia que nada poderia afastá-lo da contemplação da boneca de cera incolor em vestido de noite sujo. Que qualquer ser humano ficasse com um tempo daqueles olhando pará uma loja daquelas já era motivo de espanto para Syme; mas esse espanto inútil transformou-se subitamente num choque; pois percebeu que o homem ali parado era o velho e decrépito professor De Worms. Dificilmente parecia o lugar adequado para uma pessoa de sua idade e de seu estado de saúde.

Syme estava pronto a acreditar em qualquer coisa sobre as perversões dessa irmandade desumanizada; mas não conseguia acreditar que o professor se tivesse apaixonado por aquela dama de cera em particular. Só podia supor que a doença do homem (ou o que quer que fosse) lhe provocava alguns ataques momentâneos de rigidez ou de transe. Não se sentia inclinado, porém, a ter por ele a menor compaixão. Pelo contrário, congratulou-se porque o ataque do professor e seu andar trôpego e manco lhe facilitariam a fuga e haveriam de deixá-lo milhas para trás. Pois Syme ansiava, em primeiro lugar e de qualquer maneira, livrar-se de toda aquela atmosfera venenosa, mesmo que apenas por uma hora. Então poderia organizar seus pensamentos, formular sua política e decidir finalmente se deveria ou não manter a palavra dada a Gregory.

Foi caminhando pela neve dançante, dobrou duas ou três esquinas, passou por duas ou três outras e entrou num pequeno restaurante do bairro Soho para almoçar. Comeu refletidamente quatro pratos pequenos e pitorescos, bebeu meia garrafa de vinho tinto, e acabou tomando café preto e fumando um charuto, ainda pensando. Havia se sentado no salão superior do restaurante, que estava cheio de tilintar de facas e conversas de estrangeiros. Lembrou-se de que antigamente imaginava que todos esses alienígenas inofensivos e gentis eram anarquistas. Estremeceu, lembrando-se dos fatos reais. Mas até mesmo o estremecimento tinha a deliciosa vergonha da fuga. O vinho, a comida comum, o lugar familiar, os rostos de homens naturais e falantes, quase o fez sentir como se o Conselho dos Sete Dias tivesse sido um pesadelo; e embora soubesse que era, no entanto, uma realidade objetiva, pelo menos estava distante. Casas altas e ruas populosas colocavam-se entre ele e a última visão dos sete tenebrosos. Estava livre na Londres livre, bebendo vinho entre os livres. Foi com uma espécie de alívio que tomou o chapéu e a bengala e desceu as escadas até o andar térreo.

Quando entrou naquela sala do andar inferior, ficou chocado e preso ao chão. A uma pequena mesa, perto da janela que dava para a rua branca de neve, estava sentado o velho professor anarquista tomando um copo de leite, com seu rosto erguido e lívido e pálpebras pendentes. Por um instante, Syme ficou tão rígido como a bengala em que se apoiava. Então, com um gesto de pressa cega, passou pelo professor, abriu a porta e, batendo-a atrás de si, viu-se na rua, embaixo da neve.

– Aquele velho cadáver pode estar me seguindo? – perguntou-se ele a si mesmo, mordendo o bigode amarelo. – Parei muito tempo naquela sala, para que mesmo esses pés de chumbo pudessem me alcançar. Um conforto é, com uma caminhada rápida posso colocar um homem assim tão longe de mim quanto Timbuctu[23]. Ou será que estou imaginando coisas? Será que estava realmente me seguindo? Certamente Domingo não seria tão tolo a ponto de mandar para isso um homem coxo.

Partiu em ritmo acelerado, volteando a bengala de estoque, na direção de Covent Garden. Ao atravessar o grande mercado a neve aumentou, ficando cada vez mais ofuscante e desconcertante à medida que a tarde começava a escurecer. Os flocos de neve o atormentavam como um enxame de abelhas prateadas. Entrando em seus olhos e barba, exacerbavam ainda mais seus nervos já irritados; e quando chegou, em passo acelerado, ao início da Fleet Street, perdeu a paciência e, encontrando uma casa de chá aberta, entrou para se abrigar. Pediu outra xícara de café preto. Mal tinha feito isso, quando o professor De Worms entrou mancando pesadamente no local, sentou-se com dificuldade e pediu um copo de leite.

---

23 Dita também Tombuctu, é uma cidade situada na república africana do Mali, importante centro comercial e cultural desde a Idade Média; atingiu o auge de sua influência nas rotas comerciais e na difusão do islamismo nos séculos XIV e XV. (N.T.)

A bengala de Syme caiu-lhe da mão com um grande estrondo, revelando a espada oculta. Mas o professor não olhou em volta. Syme, que normalmente era pessoa de sangue frio, estava literalmente boquiaberto como um simplório camponês fica diante de um truque de magia. Não tinha visto nenhuma carruagem a segui-lo; não ouvira rodas parando à porta da casa; segundo todas as aparências mortais, o homem viera a pé.

Mas o velho não conseguia andar mais depressa que um caracol e Syme corria como o vento. Ele se levantou, apanhou a bengala, meio enlouquecido com aquela contradição da mais simples aritmética, e saiu pela porta vaivém, deixando o café intocado. Um ônibus que ia para Bank passou chacoalhando com uma velocidade incomum. Ele fez uma extenuante corrida de mais de cem passos para alcançá-lo, mas conseguiu saltar no estribo, ficou aí balançando por momentos até recuperar a respiração normal e depois subiu para o andar de cima. Depois de estar sentado por cerca de meio minuto, ouviu atrás de si uma respiração pesada e asmática.

Virando bruscamente, viu subir gradualmente cada vez mais alto nos degraus do ônibus uma cartola suja e pingando neve, e sob a sombra da aba o rosto míope e os ombros trêmulos do professor De Worms. Sentou-se com cuidado característico, e se enrolou até o queixo na manta.

Cada movimento da figura cambaleante e das mãos vagas do velho, cada gesto incerto e cada pausa de pânico, pareciam colocar fora de questão que ele estava indefeso, que estava na última imbecilidade do corpo. Movia-se a palmos, acomodava-se com pequenos suspiros de cautela. E, no entanto, a menos que as entidades filosóficas chamadas tempo e espaço não tenham vestígios sequer de uma existência prática, parecia inquestionável que ele havia corrido atrás do ônibus.

Syme se levantou de um salto no carro que balançava e, depois de olhar descontroladamente para o céu invernal, que ficava mais sombrio a cada momento, desceu correndo as escadas. Havia reprimido a muito custo um impulso elementar de saltar para fora.

Muito confuso para ficar olhando para trás ou para raciocinar, correu para um dos pequenos pátios ao lado da Fleet Street como um coelho que corre para dentro da toca. Tinha uma vaga ideia de que, se aquele velho e incompreensível fantoche o estivesse realmente perseguindo, naquele labirinto de ruelas logo poderia despistá-lo. Enfiou-se no meio daquelas vielas tortuosas, que mais pareciam rachaduras do que vias; e quando já havia passado umas vinte esquinas e descrevera um polígono impensável, fez uma pausa para escutar qualquer eventual som de perseguição. Não havia nenhum; nem poderia haver, pois as ruelas estavam cobertas de neve silenciosa.

Em algum lugar atrás do Red Lion Court, no entanto, notou um lugar onde algum cidadão enérgico havia removido a neve por um espaço de vinte a trinta passos, deixando à vista as pedras molhadas e brilhantes. Ao passar por ali, não deu maior importância ao fato, mergulhando novamente num braço do labirinto. Mas quando, algumas centenas de passos adiante, parou novamente para escutar, seu coração também parou, pois ouviu, daquele espaço de pedras ásperas, o tilintar da bengala e os passos cansados do infernal inválido.

O céu estava carregado de nuvens de neve, deixando Londres numa escuridão e opressão prematuras para aquela hora do entardecer. De cada lado de Syme, as paredes do beco eram cegas e sem traços característicos; não havia janelinha nem qualquer tipo de abertura. Sentiu um novo impulso para sair daquela colmeia de casas e entrar mais uma vez na rua larga e iluminada. Mesmo assim, divagou e se esquivou por um longo tempo antes de atingir a via principal. Quando a alcançou, emergiu num ponto muito mais acima do que imaginava. Saiu para o que parecia ser o vasto e vazio Ludgate Circus, e viu a catedral de São Paulo, projetando-se contra o céu.

De início, ficou surpreso ao encontrar essas grandes ruas tão vazias, como se uma peste tivesse varrido a cidade. Então disse a si mesmo que algum grau de vazio era natural; primeiro, porque a tempestade de neve era perigosamente intensa e, segundo, porque era domingo. Ao sussurrar a palavra domingo, mordeu o lábio; de fato, parecia-lhe alterada no sentido, soando como um trocadilho indecente.

Sob a névoa branca de neve no alto do céu, toda a atmosfera da cidade se transformara numa espécie muito estranha de crepúsculo verde, como uma paisagem do fundo do mar. O pôr do sol fechado e sombrio atrás da cúpula escura da catedral de São Paulo tinha em si cores enfumaçadas e sinistras... cores de verde doentio, vermelho mortiço ou bronze em decomposição, que tinham brilho suficiente para ressaltar a brancura sólida da neve. Mas, contra essas cores sombrias, erguia-se a massa negra da catedral; e, na cúpula da catedral, havia um acúmulo de neve bastante amplo, ainda agarrado a ela, como se fosse a um pico alpino. Tinha caído acidentalmente, mas de tal modo que cobria, a partir do topo, metade da cúpula, destacando assim, em tom prateado, o grande globo e a cruz. Quando Syme viu isso, perfilou-se de repente e fez, com a bengala de estoque, uma saudação involuntária.

Sabia que aquela figura maligna, sua sombra, vinha rastejando rápida ou lentamente atrás dele, e já não se importava.

Parecia um símbolo da fé e do valor humano que, enquanto os céus escureciam, aquele lugar alto da terra brilhasse. Os demônios já podem ter capturado o céu, mas ainda não haviam capturado a cruz. Teve um novo impulso de arrancar o segredo desse paralítico dançarino e saltitante que o perseguia; e na entrada do pátio que dava para o Circo, ele se virou, de bengala na mão, para enfrentar seu perseguidor.

O professor De Worms dobrou lentamente a esquina do beco irregular, seguindo atrás dele e mostrando, à luz de um solitário lampião a gás, sua silhueta disforme, que, de forma irresistível, lembrava aquela figura tão imaginativa das canções infantis, "o homem torto que percorreu uma milha tortuosa". Parecia realmente ter sido deformado pelas ruas tortuosas por onde andava. Foi chegando cada vez mais perto, com a luz do lampião refletindo em seus óculos levantados num rosto erguido e paciente. Syme esperou por ele como São Jorge esperou pelo dragão, como um homem espera por uma explicação definitiva ou pela morte. E o velho professor veio até ele, passou adiante como um estranho, sem nem sequer piscar suas tristonhas pálpebras.

Havia algo nessa inocência silenciosa e inesperada que deixou Syme exasperado. O rosto incolor do homem e seus modos pareciam afirmar que toda essa perseguição não passava de mero acidente. Syme estava galvanizado por uma energia que se situava entre a amargura e uma explosão de escárnio juvenil. Fez um gesto tresloucado, como se quisesse tirar o chapéu do velho, gritou qualquer coisa como "agarre-me se puder" e saiu correndo, passando pelo Circo branco aberto. Agora era impossível ocultar-se; e, olhando por cima do ombro, podia ver a figura esquálida do velho cavalheiro vindo atrás dele com longas e trepidantes passadas, como um homem que quer vencer uma corrida. Mas a cabeça daquele corpo saltitante ainda estava pálida, grave e profissional, como a cabeça de um conferencista sobre o corpo de um arlequim.

Essa perseguição ultrajante atravessou o Ludgate Circus, subiu por Ludgate Hill, contornou a catedral de São Paulo, seguiu ao longo de Cheapside, enquanto Syme ia se lembrando de todos os pesadelos que vivera. Então partiu em direção ao rio e terminou quase nas docas. Viu as vidraças amareladas de uma taberna baixa e iluminada, jogou-se para dentro dela e pediu uma cerveja. Era uma taberna asquerosa, repleta de marinheiros estrangeiros, um lugar onde o ópio corre solto e punhais estão sempre à mão.

Um momento depois o professor De Worms entrou no local, sentou-se com cuidado e pediu um copo de leite.

CAPÍTULO VIII

O PROFESSOR EXPLICA

Quando Gabriel Syme se viu finalmente instalado numa cadeira e, na frente dele, agora soerguidas e arrumadas as sobrancelhas e as pálpebras de chumbo do professor, todos os seus temores retornaram. Esse homem incompreensível do feroz Conselho, afinal, certamente o perseguia. Se o homem tinha uma característica como paralítico e outra como perseguidor, a antítese podia torná-lo mais interessante, mas de modo algum mais inofensivo. Seria um consolo muito exíguo se ele não conseguisse desmascarar o professor, caso o professor, por algum incidente sério, conseguisse desmascará-lo. Esvaziou uma caneca inteira de cerveja antes que o professor tocasse no leite.

Uma possibilidade, porém, o mantinha esperançoso e ainda assim sem saber em que se agarrar. Era bem possível que essa fuga significasse algo diferente de uma leve suspeita. Talvez fosse alguma formalidade ou sinal habitual. Talvez aquela correria tresloucada fosse algum tipo de sinal amigável que ele deveria ter entendido. Talvez fosse um ritual. Talvez o novo Quinta-feira sempre tivesse de ser perseguido ao longo de Cheapside, visto que o novo Lorde Prefeito de Londres é sempre escoltado através dele. Estava precisamente tentando seguir uma linha investigativa quando o velho professor apareceu de repente e simplesmente o interrompeu. Antes que Syme pudesse fazer a primeira pergunta diplomática, o velho anarquista interrogou-o subitamente, sem qualquer tipo de preâmbulo:

– Você é policial?

O que quer que fosse que Syme esperasse, nunca teria pensado em algo tão brutal e incisivo. Mesmo com a grande presença de espírito que possuía, só conseguiu responder com um ar de jocosidade e um tanto desajeitado.

– Policial? – respondeu ele, rindo vagamente. – O que fez você pensar que eu pudesse ser um policial?

– O processo foi bastante simples – respondeu o professor pacientemente. – Achei que você parecia um policial. E continuo pensando que o seja.

– Será que pus, por engano, um capacete de policial ao sair do restaurante? – perguntou Syme, sorrindo descontroladamente. – Por acaso tenho um número grudado em mim em algum lugar? Minhas botas têm aquele ar de vigilante? Por que devo ser policial? Deixe-me ser um carteiro.

O velho professor meneou a cabeça com uma gravidade que não dava esperança, mas Syme continuou com uma ironia febril.

– Mas talvez eu tenha compreendido mal as sutilezas de sua filosofia alemã. Talvez policial seja um termo relativo. Num sentido evolucionista, senhor, o macaco se transforma tão gradualmente no policial, que eu mesmo nunca consigo detectar a diferença. O macaco é apenas o policial que poderia ser. Talvez a solteirona no Parque Clapham Common seja apenas a policial que poderia ter sido. Não me importo de ser o policial que poderia ter sido. Não me importo de ser nada, segundo o pensamento alemão.

– Você pertence ao quadro da polícia? – insistiu o velho, ignorando todas as zombarias improvisadas e desesperadas de Syme. – Você é um detetive?

O coração de Syme virou pedra, mas seu rosto não se alterou

– Sua insinuação é ridícula – começou ele. – Por que, diabos...

O velho bateu com força com sua mão ressequida na mesa frágil, que quase a arrebentou.

– Você não me ouviu fazer uma pergunta simples, seu espião tagarela? – gritou ele, em voz estridente e enlouquecida. – Você é ou não, um detetive da polícia?

– Não! – respondeu Syme, como um homem detido e já com a corda no pescoço.

– Jure! – disse o velho, inclinando-se para ele, seu rosto meio morto tornando-se repugnantemente vivo. – Jure! Jure! Se jurar falso, será condenado! Quer que o diabo vá dançar em seu funeral? Quer que o pesadelo se eternize sobre seu túmulo? Não haverá nisso tudo realmente qualquer engano? Você é um anarquista, você é um dinamiteiro! Acima de tudo e de qualquer modo, você não é mesmo um detetive? Não pertence à polícia britânica?

Ele apoiou o cotovelo anguloso sobre a mesa e colocou a mão grande e solta como uma aba na orelha.

– Eu não sou da polícia britânica – disse Syme com uma calma insana.

O professor De Worms deixou-se cair para trás na cadeira com um curioso ar de gentil colapso.

– É uma pena – disse ele –, porque eu sou.

Syme levantou-se de um salto, derrubando o banco atrás dele com um estrondo.

– Porque você é o quê? – exclamou ele, com voz abafada. – Você é o quê?

– Eu sou um policial – disse o professor com seu primeiro sorriso largo e com os olhos brilhando por trás de seus óculos. – Mas como você pensa que policial é apenas um termo relativo, é claro que não tenho nada a ver com você. Estou na força policial britânica; mas como você me disse que não faz parte da força policial britânica, só posso dizer que o conheci num clube de dinamiteiros. Creio que deveria prendê-lo. – E, com essas palavras, colocou sobre a mesa, diante de Syme, um cartão azul, réplica exata daquele que Syme trazia no bolso do colete, símbolo de seu poder como policial.

Syme teve, por um instante, a sensação de que o cosmos tinha virado exatamente de cabeça para baixo, que todas as árvores cresciam para baixo e que todas as estrelas estavam sob seus pés. Então veio lentamente a convicção oposta. Nas últimas vinte e quatro horas, o cosmos esteve realmente de cabeça para baixo, mas agora o universo emborcado tinha voltado ao normal. Esse demônio de quem ele fugiu o dia todo era apenas um irmão mais velho de sua casa, que do outro lado da mesa se recostava e ria dele. No momento, não fez nenhuma pergunta mais detalhada; só conhecia o fato, feliz e tolo, de que essa sombra, que o perseguira com uma intolerável opressão de perigo, era apenas a sombra de um amigo tentando alcançá-lo. Sabia que era simultaneamente um tolo e um homem livre, pois, para sair de qualquer estado mórbido deve haver certa humilhação sadia. Chega-se, nessas condições, a certo ponto em que apenas três coisas são possíveis: primeiro, uma manifestação de orgulho satânico; em segundo lugar, lágrimas; e em terceiro, riso. O egoísmo de Syme manteve-se firme na primeira opção durante alguns segundos e, de repente, adotou a terceira. Tirando seu próprio cartão azul da polícia do bolso do colete, jogou-o sobre a mesa; então, inclinando a cabeça para trás até que a ponta de sua barba amarela quase apontasse para o teto, deu uma estrondosa gargalhada.

Mesmo naquele covil, perpetuamente ecoando o barulho de facas, pratos, canecas, vozes clamorosas, lutas repentinas e debandadas, havia algo de homérico na alegria de Syme, que fez com que muitos homens meio bêbados se voltassem para ele.

– Do que está rindo, chefe? – perguntou um trabalhador curioso das docas.

– De mim mesmo – respondeu Syme, e continuou a dar rédeas soltas à sua reação.

– Controle-se – disse o professor – ou vai ficar histérico. Tome mais cerveja. Eu vou acompanhá-lo.

– Você não bebeu seu leite – disse Syme.

– Meu leite! – disse o outro, em tom de desprezo fulminante e insondável – Meu leite! Você acha que eu olharia para essa droga sem graça quando estivesse longe da vista dos malditos anarquistas? Somos todos cristãos nessa sala, embora talvez – acrescentou ele, olhando em derredor para a multidão cambaleante –, embora não praticantes. Terminar meu leite? Com os diabos! Sim, vou acabar com ele! – e passou a mão pela mesa, derrubando o copo, que se estilhaçou ruidosamente, derramando o líquido prateado pelo chão.

Syme olhava para ele com uma curiosidade feliz.

– Entendo agora – exclamou ele. – Claro, você não é um velho.

– Não consigo desfazer meu rosto aqui – respondeu o professor De Worms. – É uma maquiagem bastante elaborada. Quanto a saber se sou um velho, isso não cabe a mim dizer. Fiz 38 anos no último aniversário.

– Sim, mas quero dizer – disse Syme, com impaciência – não há nada de errado com você.

– Sim – respondeu o outro, negligentemente. – Estou sujeito a resfriados.

A risada de Syme diante de tudo isso demonstrava uma sensível fraqueza. Ele ria da ideia de o professor paralítico ser na verdade um jovem ator vestido como se fosse enfrentar as luzes da ribalta. Mas sentiu que teria rido da mesma forma esfuziante se um vidro de pimenta tivesse caído e se estilhaçado.

O falso professor bebeu e enxugou a barba postiça.

– Você sabia – perguntou ele – que aquele homem, Gogol, era um dos nossos?

– Eu? Não, não sabia disso – respondeu Syme com alguma surpresa. – Mas você também não sabia?

– Eu sabia tanto quanto os mortos – respondeu o homem que se autodenominava De Worms. – Achei que o presidente estava falando de mim e tremia por dentro.

– E eu pensei que ele estava falando de mim – disse Syme, com seu riso um tanto descontrolado. – Eu estava com o dedo no gatilho o tempo todo.

– Eu também – disse o professor, severamente. – O mesmo aconteceu com Gogol, evidentemente.

Syme deu um soco na mesa, exclamando:

– Ora, éramos três ali! – exclamou ele. – Três em sete é um número de luta. Se tivéssemos sabido que éramos três!

O rosto do professor De Worms escureceu, e não levantou o olhar.

– Éramos três – disse ele. – Se fôssemos trezentos, ainda assim nada poderíamos ter feito.

– Nem se fôssemos trezentos contra quatro? – perguntou Syme, zombeteiramente.

– Não – disse o professor, com sobriedade –, nem que fôssemos trezentos contra Domingo.

Esse simples nome deixou Syme frio e sério; sua risada morreu em seu coração antes que pudesse morrer em seus lábios. O rosto do inesquecível presidente surgiu em sua mente tão surpreendente quanto uma fotografia colorida, e observou essa diferença entre Domingo e todos os seus satélites: seus rostos, por mais ferozes ou sinistros que fossem, se apagavam gradualmente da memória como os demais rostos humanos, ao passo que o de Domingo parecia se tornar mais real durante a ausência, como se o retrato pintado de um homem ganhasse vida lentamente.

Ambos ficaram em silêncio durante alguns momentos; então o discurso de Syme irrompeu de forma súbita como a espuma de champanhe.

– Professor! – exclamou ele – Isso é intolerável. Você tem medo desse homem?

O professor ergueu as pálpebras pesadas e olhou para Syme com olhos grandes e bem abertos, olhos azuis de uma honestidade quase etérea.

– Sim, tenho – respondeu ele, suavemente. – E você também.

Syme ficou mudo por um instante. Então se levantou, como se tivesse sido insultado, e empurrou a cadeira para trás.

– Sim – disse ele, com voz indescritível –, você está certo. Eu tenho medo dele. Por isso juro por Deus que procurarei esse homem a quem temo até encontrá-lo, e abatê-lo. Se o céu fosse seu trono e a terra seu escabelo, juro que eu iria derrubá-lo.

– Como? – perguntou o professor, olhando fixamente. – E por quê?

– Porque tenho medo dele – disse Syme. – E nenhum homem deveria deixar, no universo todo, qualquer coisa de que tivesse medo.

De Worms piscou para ele com uma espécie de cega admiração. Fez um esforço para falar; Syme, porém, continuou em voz baixa, mas com uma conotação de teor exaltado:

– Quem haveria de se contentar em destruir somente coisas que não teme? Quem se rebaixaria para ser apenas corajoso, como qualquer pugilista comum? Quem se contentaria em ser sem temor... como uma árvore? Lute contra aquilo que teme. Você se lembra da velha história do clérigo inglês que administrou os últimos sacramentos ao bandido da Sicília, e como em seu leito de morte o famoso salteador disse: "Eu não posso lhe dar dinheiro, mas posso lhe dar um conselho para o resto da vida: dedo na lâmina e aponte para cima". E eu lhe digo a mesma coisa: aponte para cima, se quiser atingir as estrelas.

O outro olhou para o teto, um dos truques de sua pose.

– Domingo é uma estrela fixa – disse ele.

– Você o verá como uma estrela cadente – disse Syme, e pôs o chapéu.

A decisão do seu gesto fez com que o professor se levantasse lentamente.

– Você tem alguma ideia exata – perguntou ele, com uma espécie de perplexidade benevolente – para onde você está indo?

– Sim – respondeu Syme, secamente. – Vou evitar que essa bomba seja lançada em Paris.

– Você tem alguma ideia de como vai conseguir isso? – perguntou o outro.

– Não – retrucou Syme, com igual decisão.

– Você se lembra, é claro – prosseguiu o pseudo De Worms, acariciando a barba e olhando pela janela – que, aos nos separarmos às pressas, todos os preparativos para a atrocidade foram deixados nas mãos do marquês e do dr. Bull. O marquês provavelmente já está atravessando o Canal da Mancha. Mas para onde ele irá e o que fará é duvidoso que até o presidente saiba. Nós, certamente, não sabemos. O único homem que sabe é o dr. Bull.

– Com os diabos! – gritou Syme. – E não sabemos onde ele está.

– Sim – disse o outro, em sua curiosa maneira distraída –, mas eu sei onde ele está.

– Vai me dizer onde? – perguntou Syme, com olhos ansiosos.

– Vou levá-lo até lá – disse o professor, e tirou seu chapéu de um cabide.

Syme ficou olhando para ele com uma espécie de excitação rígida.

– O que você quer dizer? – perguntou ele, bruscamente. – Vai se juntar a mim? Vai correr o risco?

– Jovem – disse o professor, amigavelmente –, é divertido observar que você pensa que sou um covarde. Quanto a isso, direi apenas uma palavra, e isso será inteiramente da maneira de sua retórica filosófica. Você acha que é possível derrubar o presidente. Eu sei que é impossível, e vou tentar – e abrindo a porta da taverna, que deixou entrar uma rajada de ar gelado, saíram juntos pelas ruas escuras próximas do cais.

A maior parte da neve se havia derretido ou transformado em lama, mas aqui e acolá ainda conseguiam ver manchas que pareciam cinzentas em vez de brancas, na escuridão. As pequenas ruas estavam escorregadias e cheias de poças, que refletiam ao acaso os lampiões flamejantes, parecendo fragmentos de algum outro mundo destruído. Syme sentia-se quase atordoado ao atravessar aquela confusão crescente de luzes e sombras; mas seu companheiro caminhava com certo desembaraço para onde, no final da rua, um pequeno trecho do rio iluminado por lampiões parecia uma barreira de chamas.

– Para onde vai? – perguntou Syme.

– Agora mesmo – respondeu o professor –, vou dobrar a esquina para ver se o dr. Bull foi para a cama. Ele é higiênico e se deita cedo.

– Dr. Bull! – exclamou Syme. – Ele mora logo ali na esquina?

– Não – respondeu o amigo. – Na verdade, ele mora um pouco longe, do outro lado do rio, mas podemos ver daqui se ele já foi para a cama.

Virando a esquina enquanto falava, e de frente para o rio escuro, salpicado de chamas, apontou com a bengala para a outra margem. Do lado de Surrey, nesse ponto, descia para o rio Tâmisa, parecendo quase debruçado sobre ele, um aglomerado daqueles cortiços altos, pontilhados de janelas iluminadas, e elevando-se como chaminés de fábrica a uma altura quase insana. Seu equilíbrio e posição especiais faziam com que um bloco de edifícios parecesse uma Torre de Babel com cem olhos. Syme nunca tinha visto nenhum dos arranha-céus da América, então ele só conseguia pensar nesses edifícios em sonho.

Estava ainda atônito, olhando, quando a luz mais alta dessa torre inumeravelmente iluminada se apagou abruptamente, como se aquele Argos[24] negro tivesse piscado para ele com um de seus incontáveis olhos.

O professor De Worms girou nos calcanhares e bateu com a bengala na bota.

– Chegamos tarde demais – disse ele. – O higiênico médico já foi para a cama.

– O que você quer dizer? – perguntou Syme. – Ele mora ali, então?

– Sim – disse De Worms –, atrás daquela janela especial que você não pode ver. Vamos jantar. Amanhã de manhã, vamos lhe fazer uma visita.

Sem mais conversa, seguiu na frente por vários atalhos até que chegaram ao brilho e ao alarido da East India Dock Road. O professor, que parecia conhecer bem a vizinhança, seguiu para um lugar onde a fila de lojas iluminadas caía numa espécie de crepúsculo abrupto e silencioso, onde havia uma velha pousada branca, em mau estado, postada num recuo de dez passos da rua.

– Você pode encontrar boas pousadas inglesas dispersas ao acaso em todos os lugares, como fósseis – explicou o professor. – Certa vez encontrei um lugar decente no West End.

– Suponho – disse Syme, sorrindo – que esse é o lugar decente que corresponde ao do East End?

– É – disse o professor com reverência, e entrou.

Naquele lugar jantaram e dormiram muito bem. O feijão e o bacon, que aquela gente extraordinária cozinhava tão bem, o surpreendente aparecimento de um vinho Borgonha vindo de

---

24 Trata-se de Argos Panoptes que, na mitologia grega, era um gigante que tinha o corpo recoberto de olhos e, enquanto dormia, metade dos olhos se fechava e os demais ficavam vigilantes. (N.T.)

suas adegas, representaram para Syme o toque final para selar uma nova camaradagem e oferecer tranquilidade e conforto. Durante toda essa provação, o isolamento havia sido seu principal terror e não há palavras para expressar o abismo entre a situação de isolamento e a de ter um aliado. Pode-se conceder aos matemáticos que quatro é duas vezes dois. Mas dois não é duas vezes um; dois é duas mil vezes um. Por isso, apesar de centenas de desvantagens, o mundo sempre retornará à monogamia.

Syme conseguiu contar pela primeira vez toda a sua história ultrajante, desde a época em que Gregory o levou para a pequena taberna à beira do rio. Fez isso à vontade, delongando-se num monólogo exuberante, como alguém que fala com velhos amigos. Do seu lado, também, o homem que se fazia passar pelo professor De Worms não era menos comunicativo. A sua história era quase tão tresloucada quanto a de Syme.

– Esse seu disfarce é bom – disse Syme, esvaziando um copo de vinho Macon. – Muito melhor que o do velho Gogol. De início, achei que era um pouco cabeludo demais.

– Uma diferença de teoria artística – respondeu o professor, pensativo. – Gogol era um idealista. Ele inventou o ideal abstrato ou platônico de um anarquista. Mas eu sou realista. Sou um pintor de retratos. Mas, de fato, dizer que sou um retratista é uma expressão inadequada. Eu sou um retrato.

– Não o compreendo – disse Syme.

– Eu sou um retrato – repetiu o professor. – Sou um retrato do célebre professor De Worms, que está, creio eu, em Nápoles.

– Quer dizer que seu disfarce é uma reprodução das feições dele? – perguntou Syme. – Mas ele não está sabendo disso ou está?

– Ele sabe disso muito bem – respondeu seu amigo, alegremente.

– Então por que ele não o denuncia?

– Eu o denunciei – respondeu o professor.

– Explique-se – pediu Syme.

– Com prazer, se você não se importa em ouvir minha história – replicou o eminente filósofo estrangeiro. – Sou ator de profissão, e meu nome é Wilks. Quando eu estava no palco, me misturava com todo tipo de companhia boêmia e canalha. Às vezes com pessoas interessadas em corridas de cavalos, outras vezes com a ralé dos artistas e, ocasionalmente, com refugiados políticos. Certo dia, num antro de sonhadores exilados fui apresentado ao grande filósofo niilista alemão, professor De Worms. Não descobri muito a respeito dele, além de sua aparência, que era repugnante e que estudei cuidadosamente. Entendi que ele havia provado que o princípio destrutivo do universo era Deus; por isso ele insistiu na necessidade de uma energia furiosa e incessante que acabasse com tudo. A energia, dizia ele, era o Tudo. Ele era coxo, míope e parcialmente paralítico. Quando o conheci, eu estava com ótima disposição e me revoltei tanto com ele que decidi imitá-lo. Se eu fosse desenhista, teria desenhado uma caricatura dele. Mas eu era apenas um ator e só poderia representar essa caricatura. Eu me transformei no que parecia ser um exagero brutal da pessoa do velho e sujo professor. Quando entrei na sala cheia de seus apoiadores, esperava ser recebido com muitas gargalhadas, ou (se eles estivessem compenetrados demais) com um rugido de indignação pelo insulto. Não consigo descrever a surpresa que tive quando minha entrada foi recebida com um silêncio respeitoso, seguido (quando abri os lábios pela primeira vez) com um murmúrio de admiração. A maldição do artista perfeito havia caído sobre mim. Eu tinha sido muito sutil, eu tinha sido muito verdadeiro. Eles pensavam que eu era realmente o grande professor niilista. Eu era um jovem de mente sadia na época e confesso que aquilo foi um choque. Antes que pudesse me recuperar totalmente, no entanto, dois ou três desses admiradores vieram até mim irradiando indignação e me disseram que um insulto público havia sido feito contra mim na sala ao lado. Perguntei pela natureza do insulto. Parecia que um sujeito impertinente havia se disfarçado como uma paródia absurda de minha pessoa. Eu tinha bebido mais champanhe do que devia e num lampejo de loucura decidi enfrentar a situação e ir até o fim. Em decorrência disso, foi para encarar o olhar furioso dos presentes e minhas sobrancelhas cerradas e meus olhos gelados que o verdadeiro professor entrou na sala.

"Não preciso dizer que houve uma colisão. Os pessimistas a meu redor olhavam ansiosamente de um professor para outro, para ver qual era realmente o mais fraco. Mas eu ganhei. Não se poderia esperar que um velho com a saúde debilitada, como meu rival, fosse tão impressionantemente fraco como um jovem ator no auge do vigor. Veja bem, ele realmente tinha paralisia e, movendo-se dentro dessa limitação definida, ele não poderia ser tão paralítico quanto eu. Então ele tentou criticar intelectualmente minhas afirmações. Respondi a isso com um ardil muito simples. Sempre que ele dizia algo que ninguém além dele conseguia entender, eu respondia com algo que nem eu mesmo conseguia entender. "Não creio" – disse ele – "que você poderia ter elaborado o princípio de que a evolução é apenas negação, uma vez que nela é inerente a introdução de lacunas, que são essenciais para a diferenciação." Respondi com bastante desdém: "Você leu tudo isso em Pinckwerts; a noção de que a involução funcionava eugenicamente foi exposta há muito tempo por Glumpe". É desnecessário dizer que Pinckwerts e Glumpe nunca existiram, mas todas as pessoas ao redor (para minha surpresa) pareciam lembrar-se deles muito bem, e o professor, descobrindo que o método erudito e misterioso o deixava à mercê de um inimigo ligeiramente deficiente em escrúpulos, recorreu a uma forma mais popular de humor. "Entendo" – zombou ele. – "você prevalece como o falso porco de Esopo[25]." "E você falha" – respondi, sorrindo – "como o ouriço em Montaigne[26]." Preciso dizer que não há ouriço em Montaigne? "Sua conversa fiada é pura

---
25 Esopo (séc. V a.C.) foi um escritor da Grécia Antiga, célebre por suas fábulas, difundidas no mundo inteiro até hoje. (N.T.)
26 Michel Eyquem de Montaigne (1533-1592), filósofo e escritor francês. (N.T.)

falsidade" – disse ele – "como sua barba também é falsa." Eu não tinha resposta para isso, pois era verdade e mostrava perspicácia. Mas eu ri a bom rir e respondi: "Isso me lembra do caso das botas do panteísta", e dei-lhe as costas, colhendo todas as honras da vitória. O verdadeiro professor foi expulso, mas não com violência, embora um homem tenha tentado pacientemente arrancar-lhe o nariz. E agora, creio eu, é visto em toda a Europa como um delicioso impostor. Sua aparente seriedade e raiva acabam por torná-lo ainda mais divertido.

– Bem – disse Syme –, posso entender que tenha colocado a barba velha e suja por brincadeira de uma noite, mas não entendo por que nunca mais a tirou.

– Esse é o resto da história – disse o imitador. – Quando os deixei, acompanhado de aplausos reverentes, fui mancando pela rua escura, esperando que em breve eu estivesse bastante longe para poder andar como gente. Para meu espanto, ao virar a esquina, senti um toque no ombro e, voltando-me, deparei com a figura de um enorme policial. Ele me disse que eu era procurado. Assumi uma espécie de atitude paralítica e gritei com sotaque alemão, "Sim, sou procurado... pelos oprimidos do mundo. Está me prendendo sob a acusação de ser o grande anarquista, professor De Worms." O policial consultou impassivelmente um papel que tinha nas mãos e disse civilizadamente: "Não, senhor, pelo menos, não exatamente por isso. Vou prendê-lo sob a acusação de não ser o célebre anarquista professor De Worms". Essa acusação, se é que era criminosa, foi certamente a mais grave e acompanhei o policial, desconfiado, mas não muito abalado. Fui conduzido através de várias salas e finalmente à presença de um policial, que me explicou que havia começado uma campanha séria contra os centros de anarquia, e que esse meu disfarce bem-sucedido, podia ser de grande ajuda para a segurança pública. Ele me ofereceu um bom salário e um cartão azul. Embora nossa conversa tenha sido curta, ele me pareceu um homem de grande bom senso; mas não posso dizer muita coisa sobre ele, porque...

Syme largou a faca e o garfo.

– Eu sei – disse ele – porque você conversou com ele num quarto escuro.

O professor De Worms concordou com um aceno da cabeça e esvaziou o copo.

CAPÍTULO IX

O HOMEM DOS ÓCULOS

– O Borgonha é um vinho realmente bom! – disse o professor, com tristeza, enquanto pousava o copo.

– Mas não parece, por seu jeito – disse Syme –, pois você o toma como se fosse remédio.

– Você deve desculpar meus modos – disse o professor, desacorçoado –, minha situação é bastante curiosa. Por dentro estou realmente explodindo de alegria juvenil; mas representei tão bem o professor paralítico, que agora não consigo deixá-lo. Até mesmo quando estou entre amigos e não tenho necessidade alguma de dissimular, não consigo evitar falar devagar e franzir a testa... como se fosse a minha. Posso ser muito feliz, você entende, mas apenas como um paralítico. As exclamações mais alegres saltam em meu coração, mas elas saem de minha boca de maneira bem diferente. Você deveria me ouvir dizer, "Anime-se, meu velho!" Isso traria lágrimas a seus olhos.

– É verdade – disse Syme. – Mas não posso deixar de pensar que, além de tudo isso, você está realmente um pouco preocupado.

O professor se assustou um pouco e olhou para ele com firmeza.

– Você é um sujeito muito inteligente – disse ele. – É um prazer trabalhar com você. Sim, tenho uma nuvem bastante pesada em minha cabeça. Há um grande problema a enfrentar – e ele afundou a testa careca nas duas mãos.

Então ele disse em voz baixa:

– Você sabe tocar o piano?

– Sim – disse Syme, admirado. – Dizem até que toco bastante bem.

Então, como o outro não falasse, ele acrescentou:

– Espero que a grande nuvem se tenha dissipado.

Depois de um longo silêncio, o professor disse, dentre a sombra cavernosa de suas mãos:

– Teria funcionado muito bem, se você tivesse utilizado uma máquina de escrever.

– Obrigado – disse Syme. – Não deixa de ser um elogio.

– Escute – disse o outro – e lembre-se de quem temos de ver amanhã. Você e eu vamos tentar algo amanhã que é muito mais perigoso do que tentar roubar as joias da Coroa, da Torre de Londres. Vamos tentar roubar um segredo de uma pessoa muito astuta, muito forte e perversa. Acredito que não há nenhum homem, exceto o presidente, claro, que seja tão assustador e formidável quanto aquele sujeitinho sorridente de óculos de proteção. Ele talvez não tenha o entusiasmo inflamado até a morte, o louco espírito de martírio em prol da anarquia, que caracterizam o secretário. Mas esse mesmo fanatismo no secretário tem algo de humano e é quase uma característica redentora. Mas o pequeno doutor tem uma sanidade brutal que é mais chocante que a doença do secretário. Você não percebe sua detestável virilidade e vitalidade. Ele quica como uma bola de borracha. Repare nisso, Domingo não estava dormindo (chego até a duvidar de que ele durma alguma vez) quando trancou todos os planos desse atentado na cabeça redonda e negra do dr. Bull.

– E você pensa – disse Syme – que esse monstro sem par vai se acalmar se eu tocar piano para ele?

– Não seja idiota – disse o professor. – Mencionei o piano porque deixa os dedos rápidos e independentes. Syme, se quisermos passar por essa entrevista e sair sãos ou vivos, devemos ter algum código de sinais entre nós que esse bruto não entenda. Eu fiz uma cifra alfabética aproximada que corresponde aos cinco dedos... assim, veja – e ele bateu com os dedos na mesa de madeira... M A L, mal, uma palavra de que podemos precisar com frequência.

Syme serviu-se de mais um copo de vinho e começou a estudar o esquema. Ele era muito rápido com seu cérebro em quebra-cabeças e com mãos hábeis de prestidigitador. Não demorou muito para que aprendesse como transmitir mensagens simples por meio do que pareciam ser tapinhas inúteis na mesa ou no joelho. Mas o vinho e o companheirismo sempre tiveram o efeito de inspirá-lo a uma engenhosidade brincalhona, e o professor logo se viu lutando com a energia demasiado vasta da nova linguagem, ao ser transmitida pelo cérebro aquecido de Syme.

– Devemos ter várias palavras-chave – disse Syme, muito seriamente –, palavras de que provavelmente vamos precisar, com sentido bem definido. Minha palavra favorita é "coevo". Qual é a sua?

– Pare com essas brincadeiras – disse o professor, queixoso. – Você não sabe como isso é sério.

– Viçosa também – disse Syme, sacudindo a cabeça sagazmente. – Devemos ter "viçosa"... palavra que se aplica à grama, não sabe?

– Você imagina – perguntou o professor, furioso – que vamos conversar com o dr. Bull sobre grama?

– Existem diversas maneiras de abordar o assunto – disse Syme pensativo – e de empregar a palavra sem parecer forçada. Poderíamos dizer, "Dr. Bull, como revolucionário que é, você se lembra que uma vez um tirano nos aconselhou a comer grama? E de fato muitos de nós, olhando para a grama fresca e viçosa do verão..."

– Não compreende – disse o outro – que isso é uma tragédia?

– Perfeitamente – respondeu Syme. – Seja sempre cômico numa tragédia. O que mais você pode fazer? Gostaria que essa sua linguagem tivesse um alcance mais amplo. Suponho que não poderíamos estendê-la dos dedos das mãos aos dos pés... Isso envolveria tirar as botas e as meias durante a conversa que, por mais discretamente que fosse feito...

– Syme – disse o amigo com uma simplicidade severa. – Vá para a cama!

Syme, no entanto, ficou sentado na cama por um tempo considerável, dominando o novo código. Ele foi acordado na manhã seguinte enquanto o leste ainda estava imerso na escuridão e encontrou seu aliado de barba grisalha parado como um fantasma ao lado de sua cama.

Syme sentou-se e pestanejou; então lentamente organizou seus pensamentos, afastou a roupa de cama e levantou-se. Pareceu-lhe, de uma forma curiosa, que toda a segurança e sociabilidade da noite anterior desapareceram sem a roupa de cama, e ele se levantou pressentindo que o ar frio anunciava perigo. Sentia ainda total confiança e lealdade para com seu companheiro; mas era a confiança entre dois homens que sobem ao cadafalso.

– Bem – disse Syme com uma alegria forçada enquanto vestia as calças. – Sonhei com esse seu alfabeto. Você demorou muito para montá-lo?

O professor não respondeu, mas olhou à sua frente com olhos da cor de um mar invernal; então Syme repetiu a pergunta.

– Perguntei, você demorou muito para inventar tudo isso? Sou considerado bom nessas coisas e levei uma boa hora de trabalho para aprendê-lo. Você aprendeu tudo na hora?

O professor ficou em silêncio; seus olhos estavam bem abertos, e ele exibia um sorriso fixo, mas bem de leve.

– Quanto tempo demorou para você?

O professor não se mexeu.

– Com os diabos, você não pode responder? – gritou Syme, numa raiva repentina que escondia uma espécie de medo. Quer o professor pudesse responder ou não, ele não fez.

Syme ficou olhando para o rosto rígido como pergaminho e para os olhos azuis que nada diziam. Seu primeiro pensamento foi que o professor tinha enlouquecido, mas seu segundo pensamento foi mais assustador. Afinal, o que sabia sobre essa estranha criatura que ele havia aceitado descuidadamente como amigo? O que sabia, exceto que o homem estivera no café da manhã anarquista e depois lhe contou uma história ridícula? Era improvável que houvesse outro amigo além de Gogol! O silêncio desse homem era uma forma sensacional de declarar guerra? Afinal, esse olhar inflexível era apenas o terrível escárnio de algum traidor triplo, que se virara pela última vez? Ele se levantou e apurou os ouvidos naquele silêncio cruel. Quase imaginou ouvir dinamiteiros vindo para capturá-lo, movendo-se suavemente pelo corredor.

Então baixou o olhar e desatou a rir. Embora o próprio professor estivesse ali, mudo como uma estátua, seus cinco dedos mudos dançavam vivos sobre a mesa morta. Syme observou os movimentos brilhantes da mão falante e leu claramente a mensagem:

– Eu só vou falar assim. Devemos nos acostumar com isso.

Ele bateu a resposta com a impaciência do alívio:

– Tudo bem. Vamos sair para tomar o café da manhã.

Tomaram seus chapéus e bengalas em silêncio; mas, quando Syme agarrou a bengala de estoque, segurou-a com força.

Pararam por alguns minutos apenas para tomar café e comer alguns sanduíches mal feitos numa cafeteria, e então atravessaram o rio, que sob a luz cinzenta e crescente parecia tão desolado quanto o Aqueronte[27]. Chegaram ao fundo do enorme

---

27 Na mitologia grega, Aqueronte era um rio que levava diretamente ao Estige, rio dos infernos. (N.T.)

bloco de edifícios que tinham visto do outro lado do rio e começaram a subir em silêncio os nus e incontáveis degraus de pedra, apenas parando de vez em quando para fazer breves comentários batendo no corrimão. Quase todos os outros lances da escada passavam por uma janela; cada janela mostrava-lhes um amanhecer pálido e trágico erguendo-se laboriosamente sobre Londres. De cada uma viam os inumeráveis telhados de ardósia, que pareciam as ondas plúmbeas de um mar cinzento e agitado depois da chuva.

Syme estava cada vez mais consciente de que sua nova aventura tinha, de alguma forma, uma qualidade de lógica fria pior do que as loucas aventuras do passado. Na noite anterior, por exemplo, os altos cortiços pareciam-lhe torres num sonho. Agora que subia os degraus em sequência e infindáveis, ficou assustado e perplexo com sua série quase infinita. Mas não era o horror ardente de um sonho ou de qualquer coisa que pudesse ser exagero ou ilusão. O infinito deles era mais parecido com o infinito vazio da aritmética, algo impensável, ainda que necessária ao pensamento. Ou eram como os impressionantes cálculos da astronomia sobre a distância até as estrelas fixas. Estava subindo à casa da razão, algo mais hediondo do que a própria irracionalidade.

Quando chegaram ao andar do dr. Bull, uma última janela mostrou-lhes um alvorecer áspero e branco orlado de nuvens de uma espécie de vermelho grosseiro, mais parecido com argila do que com nuvem avermelhada. E quando entraram no sótão vazio onde morava o dr. Bull, encontraram o local todo iluminado.

Syme ficou assombrado por uma memória antiga relacionada com aqueles quartos vazios e com aquela austera aurora. No momento em que viu o sótão e o dr. Bull sentado a uma mesa, escrevendo, lembrou-se do que se avivara na memória: a Revolução Francesa. Deveria haver a silhueta negra de uma guilhotina contra aquele vermelho e branco intenso da manhã. O dr. Bull vestia apenas camisa branca e calças pretas; com o cabelo cortado rente, sua cabeça escura poderia muito bem ter acabado de dispensar a peruca; ele poderia ter sido Marat ou um Robespierre[28] mais desleixado.

E, no entanto, quando vista de modo correto, essa fantasia à francesa desapareceu. Os jacobinos eram idealistas; havia nesse homem um materialismo criminoso. Sua posição lhe dava um aspecto razoavelmente novo. A forte luz branca da manhã vinda de um lado, criando sombras nítidas, fazia com que ele parecesse mais pálido e mais anguloso do que quando o havia visto no café da manhã, na varanda. Assim, os óculos pretos que cobriam seus olhos poderiam na verdade ser cavidades negras em seu crânio, o que o fazia parecer uma caveira. E realmente, se alguma vez a própria morte se sentou a uma mesa de madeira para escrever, poderia ter sido ele.

Quando os dois amigos entraram, ele ergueu os olhos e sorriu cordialmente, levantando-se com a firme rapidez de que o professor falara. Ofereceu cadeiras para ambos e foi até atrás da porta, de onde tirou um casaco e um colete de um cabide. Vestiu-os e os abotoou cuidadosamente, voltando logo a sentar-se à sua mesa.

O bom humor calmo de seus modos deixou seus dois oponentes um pouco desnorteados. Foi com alguma dificuldade momentânea que o professor quebrou o silêncio e começou:

– Lamento incomodá-lo tão cedo, camarada – disse ele, retomando cuidadosamente o estilo lento de De Worms. – Sem dúvida, já deve ter feito todos os preparativos para o caso de Paris, não é? – Depois acrescentou com infinita lentidão: – Temos informações que tornam intolerável qualquer coisa que provoque algum atraso.

O dr. Bull sorriu novamente, mas continuou a olhar para eles sem abrir a boca. O professor voltou a falar, com uma breve pausa antes de cada palavra:

---

28 Jean-Paul Marat (1743-1793) e Maximilien François Marie Isidore de Robespierre (1758-1794) foram dois dos principais líderes da Revolução Francesa de 1789. (N.T.)

– Por favor, não me considere excessivamente rude; mas eu o aconselho a alterar esses planos, ou, se for tarde demais para tanto, acompanhar seu agente com todo o suporte que você puder conseguir. O camarada Syme e eu tivemos uma experiência que levaria mais tempo para relatar do que podemos nos permitir, se quisermos agir com presteza no caso. Vou, no entanto, relatar a ocorrência em detalhes, mesmo correndo o risco de perder tempo, se realmente julga que é essencial para a total compreensão do problema que temos a discutir.

Ficava desenrolando suas frases, tornando-as intoleravelmente longas e demoradas, na esperança de enlouquecer o pequeno médico prático, levando-o a uma explosão de impaciência que o levasse a abrir o jogo. Mas o pequeno doutor continuava apenas a olhar e a sorrir, e o monólogo ia se tornando um trabalho árduo. Syme começou a sentir uma nova preocupação e um crescente desespero. O sorriso e o silêncio do doutor não se pareciam em nada com o olhar cataléptico e o silêncio horrível que verificara no professor meia hora antes. Na caracterização do professor e em todos seus jeitos havia sempre algo meramente grotesco, como num fantoche. Syme lembrava-se daquelas terríveis desgraças de ontem, como alguém se lembra de ter medo do bicho papão na infância. Mas aqui estava à luz do dia; aqui estava um homem saudável, de ombros largos, bem vestido, inteiramente normal, à parte seus óculos feios, sem se mover ou gesticular, mas sorrindo sempre, sem dizer uma palavra. Tudo isso tinha um ar de realismo insuportável. Sob a crescente luz solar, as cores do rosto do doutor, o padrão de seu vestuário, cresciam e se expandiam escandalosamente, como nas novelas realistas, nas quais essas coisas assumem demasiada importância. Mas seu sorriso era bem suave, a posição da cabeça era educada; a única coisa estranha era seu silêncio.

– Como eu disse – recomeçou o professor, com dificuldade similar à de um homem caminhando em areia seca –, o incidente que ocorreu conosco e que nos levou a pedir informações sobre o marquês é do tipo que você talvez prefira que seja narrado; mas como isso se passou com o camarada Syme e não comigo...

Ele parecia arrastar suas palavras como as de um hino; mas Syme, que estava assistindo, viu seus longos dedos dançando velozmente na beirada da mesa, que lhe transmitiam a mensagem:

– Você tem de continuar. Esse demônio me esgotou!

Syme mergulhou na brecha com aquela bravata de improvisação que sempre o acompanhava quando estava alarmado.

– Sim, o caso realmente aconteceu comigo – disse ele, apressadamente. – Tive a sorte de conversar com um detetive que me tomou, graças a meu chapéu, por uma pessoa respeitável. Desejando conquistar minha reputação de respeitabilidade, levei-o ao Savoy e o embriaguei. Sob a influência do álcool, ele se tornou amigável e me disse, confidencialmente, que dentro de um dia ou dois eles esperavam prender o marquês na França... Então, a menos que você ou eu consigamos seguir o rastro dele...

O doutor ainda sorria da maneira mais cordial, e seus olhos protegidos continuavam ainda impenetráveis. O professor fez sinal a Syme de que continuaria a explicação e prosseguiu com a mesma calma estudada.

– Syme me trouxe imediatamente essa informação e viemos aqui para ver que disposições você tomaria a respeito. Parece-me inquestionavelmente urgente que...

Durante todo esse tempo, Syme estivera observando o doutor com toda a atenção, da mesma forma que o doutor observava o professor, mas sem aquele sorriso típico. Os nervos dos dois companheiros de armas estavam quase à flor da pele, sob aquela tensão de amabilidade imóvel, quando Syme de repente se inclinou para a frente e bateu lentamente com os dedos na borda da mesa. Sua mensagem para seu aliado foi: "Tenho uma intuição".

O professor, quase sem interromper seu monólogo, sinalizou de volta: "Então sente-se em cima dela".

Syme telegrafou:

– É realmente extraordinária.

O outro respondeu:

– Extraordinária bobagem!

Syme disse:

– Eu sou um poeta.

O outro respondeu:

– Você é um homem morto.

Syme tinha ficado totalmente vermelho até a raiz dos cabelos louros e seus olhos ardiam de febre. Como havia dito que tivera uma intuição e que havia chegado a uma espécie de certeza delirante, retomou suas batidas simbólicas com os dedos e transmitiu ao amigo esta mensagem: "Você não pode imaginar como minha intuição é poética. Tem aquela qualidade inesperada que às vezes sentimos na chegada da primavera".

Ficou então observando a resposta nos dedos do amigo, que dizia: "Vá para o inferno!"

O professor retomou então seu monólogo meramente verbal, dirigido ao doutor.

– Talvez eu deva dizer – continuou Syme com seus dedos – que se assemelha àquele cheiro repentino do mar que pode ser encontrado no coração de florestas exuberantes.

Seu companheiro não se dignou responder.

– Ou ainda – bateu Syme – é positivo, assim como o apaixonante cabelo ruivo de uma bela mulher.

O professor continuava seu discurso, mas, no meio dele, Syme decidiu agir. Inclinou-se sobre a mesa e disse, numa voz que não poderia ser menosprezada:

– Dr. Bull!

A cabeça elegante e sorridente do doutor não se mexeu, mas eles poderiam jurar que, por baixo dos óculos escuros, seus olhos se voltaram para Syme.

– Dr. Bull – disse Syme, com uma voz peculiarmente precisa e cortês –, poderia me fazer um pequeno favor? Poderia me fazer a gentileza de tirar os óculos?

O professor se virou na cadeira e olhou para Syme com uma espécie de fúria congelada de espanto. Syme, como um homem que jogou a vida e a fortuna numa única cartada, inclinou-se para frente com o rosto em fogo. O doutor não se mexeu.

Por alguns segundos houve um silêncio em que se poderia ouvir um alfinete cair, e apenas uma vez foi interrompido pelo único apito de um navio distante que singrava no rio Tâmisa. Então, o dr. Bull levantou-se lentamente, ainda sorrindo, e tirou os óculos.

Syme levantou-se de um salto, recuando um pouco, como um professor de química se afasta de uma explosão bem-sucedida. Seus olhos brilhavam como estrelas, e por um instante ele só conseguiu apontar, sem falar.

O professor também se levantou de repente, esquecendo-se de sua suposta paralisia. Ele se apoiou nas costas da cadeira e fitou, incrédulo, o dr. Bull, como se o doutor, diante de seus olhos, se tivesse transformado em sapo. E, de fato, foi uma cena de transformação quase tão grandiosa.

Os dois detetives viram sentado na cadeira diante deles um jovem, parecendo um garoto, com olhos castanhos francos e felizes, uma expressão acolhedora, vestindo roupas da periferia londrina, como as de um funcionário municipal, e de um inquestionável aspecto de gente boa e comum. O sorriso ainda estava lá, mas podia ter sido o primeiro sorriso de um bebê.

– Eu sabia que era poeta – exclamou Syme numa espécie de êxtase. – Eu sabia que minha intuição era tão infalível quanto à do Papa. Eram os óculos que o transformavam! Eram os óculos e nada mais. Aqueles olhos negros ferozes combinados com todo o resto, com seu aspecto saudável e sua aparência alegre, faziam dele um demônio vivo entre os mortos.

– Certamente faz uma diferença e tanto – disse o professor, trêmulo. – Mas no que diz respeito ao projeto do dr. Bull...

– O projeto que se dane! – rugiu Syme, fora de si. – Olhe para ele! Olhe para o rosto dele, olhe para o colarinho, olhe as abençoadas botas dele! Você não acha, não acha mesmo de que se trata de um legítimo anarquista?

– Sim! – gritou o outro, numa agonia apreensiva.

– Ora, por Deus – disse Syme. – Eu mesmo correrei o risco! Dr. Bull, sou policial. Aqui está meu cartão. – E jogou o cartão azul sobre a mesa.

O professor ainda temia que tudo estivesse perdido; mas ele era leal. Tirou seu cartão oficial e colocou-o ao lado do de seu amigo. Então o terceiro homem desatou a rir e, pela primeira vez naquela manhã, ouviram sua voz.

– Estou muito feliz que vocês tenham chegado tão cedo – disse ele, com uma espécie de petulância de estudante –, pois podemos partir todos juntos para a França. Sim, eu também sou da polícia. – E balançou levemente um cartão azul diante deles, por mera formalidade.

Enterrando um chapéu leve na cabeça e repondo seus óculos de duende, o doutor se dirigiu tão rapidamente em direção à porta, que os outros o seguiram instintivamente. Syme parecia um pouco distraído e, ao passar pela porta, de repente bateu com a bengala na soleira de pedra, fazendo-a ressoar.

– Deus Todo-poderoso – exclamou ele –, se isso tudo está certo, havia mais malditos detetives do que malditos dinamiteiros naquele maldito Conselho!

– Poderíamos ter lutado facilmente – disse Bull. – Éramos quatro contra três.

O professor já estava descendo as escadas, mas sua voz veio lá de baixo.

– Não – disse ele. – Não éramos quatro contra três... não tivemos tanta sorte. Éramos quatro contra um.

Os outros desceram as escadas em silêncio.

O jovem chamado Bull, com uma cortesia inocente, característica dele, insistiu em ir por último até a rua; mas, chegando lá, sua rapidez robusta se afirmou inconscientemente e ele caminhou rapidamente em direção a uma agência de informações sobre ferrovias, conversando com os outros por cima do ombro.

– É uma alegria conseguir alguns amigos – disse ele. – Já andava meio morto de medo, ficando sempre totalmente sozinho. Quase cheguei a me aproximar e abraçar Gogol, o que teria sido imprudente. Espero que vocês não me desprezem por ter estado imerso em terror.

– Todos aqueles demônios do inferno – disse Syme – contribuíram para que eu vivesse em terror! Mas o pior demônio era você e seus óculos infernais.

O jovem riu com prazer.

– Não era genial? – disse ele. – Uma ideia tão simples... não é minha. Não tenho cabeça para isso. Vejam só, eu queria ingressar no serviço de detetives, especialmente no setor antianarquista. Mas para isso queriam alguém que se disfarçasse de dinamiteiro; e todos juravam que eu nunca poderia me parecer com um dinamiteiro. Diziam que meu jeito de andar era respeitável demais e que, visto por trás, parecia a Constituição Britânica. Diziam que eu parecia muito saudável, muito otimista, muito confiável e benevolente; na Scotland Yard me chamaram por todo tipo de nomes. Disseram que, se eu fosse um criminoso, poderia ter feito fortuna parecendo um homem honesto; mas como tive a infelicidade de ser um homem honesto, não havia a mais remota chance de eu ajudá-los, parecendo um criminoso. Mas finalmente fui levado diante de um sujeito importante, que estava no alto escalão da polícia, e que parecia ter uma cabeça gigantesca sobre os ombros. E lá todos os outros falavam descontroladamente. Um deles perguntou se uma barba espessa esconderia meu belo sorriso; outro disse que, se me pintassem o rosto de preto, poderia parecer um negro anarquista; mas esse sujeito interveio com uma observação extraordinária. "Um par de óculos escuros; é o que vai bastar", disse ele, categórico. "Olhem para ele agora; parece um rapaz angelical. Ponham nele um par de óculos escuros, e as crianças, ao vê-lo, gritarão de medo." E assim foi. Uma vez cobertos meus olhos, todo o resto, sorriso, ombros grandes e cabelo curto, me fazia parecer um diabinho perfeito. Como eu disse, era bastante simples quando feito, como os milagres; mas essa não foi a parte verdadeiramente milagrosa. Havia algo deveras surpreendente no caso e minha cabeça ainda gira quando penso nisso.

– O que é que foi? – perguntou Syme.

– Vou lhe contar – respondeu o homem de óculos. – Esse grande idiota da polícia que me avaliou para saber como os óculos combinariam com meu cabelo e minhas meias... por Deus, ele nunca me viu!

Os olhos de Syme fixaram-se subitamente nele.

– Como assim? – perguntou ele. – Achei que você tivesse falado com ele.

– De fato, falei – disse Bull, sem pestanejar. – Mas conversamos numa sala escura como um depósito de carvão. Aí está, você nunca teria pensado que fosse desse jeito.

– Nunca teria imaginado algo similar – disse Syme, gravemente.

– É realmente uma ideia original – disse o professor.

O novo aliado era um turbilhão em questões práticas. Na agência de informações, perguntou com brevidade profissional sobre os trens que seguiam para Dover. Informado a respeito, pôs o grupo numa carruagem e, antes que eles soubessem como fizera tudo isso, já estavam acomodados no trem. E antes que a conversa corresse livremente, já estavam dentro da embarcação para Calais.

– Eu já tinha planejado – explicou ele – almoçar na França; mas estou muito feliz por ter companhia no almoço. Vejam só, tive de mandar na frente aquela fera, o marquês, com a bomba, porque o presidente estava desconfiando de mim, sabe-se lá porquê. Algum dia lhes contarei a história. Coisa mais que chocante. Sempre que eu tentava me esquivar, via o presidente em algum lugar, sorrindo da janela de um clube ou tirando o chapéu para mim do alto de um ônibus. Vou lhes contar, podem dizer o que quiserem, mas aquele sujeito se vendeu ao diabo; pode estar em seis lugares ao mesmo tempo.

– Então você mandou o marquês embora, pelo que entendo? – perguntou o professor. – Foi há muito tempo? Vamos chegar a tempo de apanhá-lo?

– Sim – respondeu o novo guia. – Cronometrei tudo isso. Ele estará ainda em Calais quando chegarmos.

– Mas quando o apanharmos em Calais – perguntou o professor –, o que vamos fazer?

Diante dessa pergunta, o semblante do dr. Bull se alterou pela primeira vez. Refletiu um pouco e então disse:

– Suponho que, teoricamente, deveríamos chamar a polícia.

– Eu não – disse Syme. – Teoricamente, eu deveria me afogar. Prometi a um pobre sujeito, que era um verdadeiro pessimista moderno, dando minha palavra de honra de não contar à polícia. Não sou bom em casuística, mas não posso quebrar minha palavra dada a um pessimista moderno. É como deixar de cumprir promessa feita a criança.

– Eu estou no mesmo barco – disse o professor. – Já tentei avisar a polícia e não pude, por causa de um juramento bobo que fiz. Vejam, quando eu era ator, eu era uma espécie de pau para toda obra. Perjúrio ou traição é o único crime que nunca cometi. Se eu fizesse isso, não saberia distinguir a diferença entre o certo e o errado.

– Eu também estou comprometido – disse o dr. Bull – e já me decidi. Prometi ao secretário... vocês o conhecem, homem que sorri sem saber porquê. Meus amigos, esse homem é o sujeito mais infeliz que já existiu. Pode ser pela digestão dele ou por sua consciência ou por seus nervos ou ainda por sua filosofia do universo, mas ele está condenado, está no inferno! Bem, não posso perseguir um homem desses. Seria o mesmo que chicotear um leproso. Posso estar louco, mas é assim que penso e não há mais nada a fazer.

– Não creio que você esteja louco – disse Syme. – Eu sabia que decidiria assim quando você...

– Eh? – disse o dr. Bull.

– Quando você tirou os óculos pela primeira vez.

O dr. Bull sorriu e atravessou o convés para olhar o mar ensolarado. Então voltou novamente, batendo os calcanhares despreocupadamente e um silêncio amigável se fez entre os três homens.

– Bem... – disse Syme. – Parece que todos temos o mesmo tipo de moralidade ou imoralidade, então é melhor encararmos o fato que disso resulta.

– Sim – concordou o professor. – Você está certo; e devemos nos apressar, pois posso ver o cabo Gris-Nez se projetando na costa da França.

– O fato que resulta disso – disse Syme seriamente – é que nós três estamos sozinhos nesse planeta. Gogol se foi, Deus sabe lá para onde; talvez o presidente o tenha esmagado como uma mosca. No Conselho, somos três homens contra três, como os três romanos[29] que defenderam a ponte. Mas estamos em situação pior do que isso, primeiro porque eles podem apelar para a organização deles e nós não podemos apelar para a nossa, e segundo porque...

– Porque um desses outros três homens – disse o professor – não é humano.

Syme assentiu e ficou em silêncio por um ou dois segundos; então disse:

– Minha ideia é essa. Devemos fazer alguma coisa para manter o marquês em Calais até amanhã ao meio-dia. Revirei vinte esquemas em minha cabeça. Não podemos denunciá-lo como dinamiteiro; isso está acordado. Não podemos detê-lo por

---

29 Em 509 a.C., os etruscos atacaram Roma e chegaram até a ponte de madeira sobre o rio Tibre, ponte que conduzia ao coração da cidade de Roma; enquanto os engenheiros romanos trabalhavam para minar os pilares, três romanos ficaram em cima da mesma para repelir as tropas etruscas. (N.T.)

alguma acusação trivial, pois teríamos de aparecer; ele nos conhece, e desconfiaria. Não podemos pretender retê-lo a pretexto de assuntos anarquistas; ele poderia engolir qualquer coisa, mas não a ideia de parar em Calais enquanto o czar atravessa Paris em completa segurança. Poderíamos tentar sequestrá-lo e prendê-lo nós mesmos; mas ele é muito conhecido por aqui. Deve ter, com certeza, muitos guarda-costas e amigos; mais ainda, ele é muito forte e valente, e a tentativa é de êxito duvidoso. A única coisa que resta fazer é aproveitar exatamente as circunstâncias que concorrem em favor do marquês. Vou aproveitar do fato de que ele é um nobre altamente respeitado, vou me aproveitar do fato de ele ter muitos amigos e frequentar a melhor sociedade.

– De que, diabos, você está falando? – perguntou o professor.

– Os Syme são mencionados pela primeira vez no século XIV – disse Syme. – Mas há uma tradição de que um deles cavalgou ao lado de Bruce em Bannockburn[30]. Desde 1350 a árvore genealógica está bastante clara.

– Ele perdeu a cabeça – disse o pequeno doutor, olhando fixamente.

– Nossas armas – continuou Syme, calmamente – são um campo prateado com barras vermelhas e três cruzes sobrepostas. O lema varia.

O professor agarrou rudemente Syme pelo colete.

– Estamos perto da costa – disse ele. – Você está enjoado ou está brincando no lugar errado?

– Minhas observações são quase dolorosamente práticas – respondeu Syme, de maneira sem pressa. – A casa de St. Eustache também é muito antiga. O marquês não pode negar que é um cavalheiro. Ele não pode negar que sou um cavalheiro. E, para esclarecer a questão de minha posição social,

---

30 Trata-se do rei Roberto I da Escócia (1274-1329), conhecido como Robert de Bruce, que ganhou a guerra de 1314 contra a Inglaterra, travada nas proximidades da aldeia escocesa de Bannockburn, garantindo assim a independência de seu país. (N.T.)

pretendo, na primeira oportunidade, arrancar-lhe o chapéu. Mas já chegamos no porto.

Desembarcaram sob o sol forte, numa espécie de atordoamento. Syme, que agora assumia a liderança tal como Bull o fizera em Londres, conduziu-os por uma espécie de avenida à beira-mar até chegar a alguns cafés, cercados por uma grande área verde e com vista para o mar. Ao passar diante deles, seu passo era ligeiramente arrogante e balançava a bengala como se fosse uma espada. Aparentemente estava indo para o extremo da fila de cafés, mas parou de repente. Com um gesto brusco, pediu silêncio e apontou com um dedo enluvado para uma mesa de café debaixo de um caramanchão, onde estava sentado o marquês de St. Eustache com seus dentes brilhando por entre a espessa barba preta e com o rosto altivo e moreno sombreado por um chapéu de palha amarelo claro e delineado contra o mar violeta.

CAPÍTULO X

O DUELO

Syme, com seus olhos azuis cintilando como o mar brilhante logo abaixo, sentou-se à mesa do café com seus companheiros e pediu uma garrafa de vinho Saumur com uma agradável impaciência. Por algum motivo, estava num estado de invejável disposição. Seu ânimo, que já estava anormalmente elevado, subia à medida que o líquido da garrafa de Saumur descia e, meia hora depois, sua conversa era uma torrente de bobagens. Dizia que estava traçando um plano para a conversa que teria com o mortal marquês; anotava tudo, de modo desordenando, com um lápis. Estava organizado como um catecismo impresso, com perguntas e respostas, que ele proferia e recitava com extraordinária rapidez.

– Vou me aproximar. Antes de arrancar o chapéu dele, vou tirar o meu. E vou lhe dizer: "O marquês de Saint Eustache, acredito". E ele vai dizer: "O célebre sr. Syme, presumo". E vai acrescentar no mais requintado francês: "Como vai o senhor?" E eu vou responder no mais requintado dialeto londrino: "Oh! bem, como sempre!..."[31]

---

[31] No original inglês: *Just the Syme!* (sempre o Syme), que faz um trocadilho com *Just the same* (sempre o mesmo), só possível na língua inglesa. (N.T.)

– Oh, cale a boca – disse o homem de óculos. – Comporte-se e jogue fora esse pedaço de papel. O que vai fazer, realmente?

– Mas era um belo catecismo – disse Syme, patético. – Deixe-me ler. Tem apenas quarenta e três perguntas e respostas, e algumas das respostas do marquês são maravilhosamente espirituosas. Gosto de ser justo com meu inimigo.

– Mas qual é a vantagem disso tudo? – perguntou o dr. Bull, exasperado.

– Isso leva a meu desafio, não vê? – disse Syme, radiante. – Quando o marquês der a trigésima nona resposta, que diz...

– Por acaso já pensou – perguntou o professor, com ponderada simplicidade – que o marquês não lhe dê todas as quarenta e três respostas exatamente como você as escreveu para ele? Nesse caso, creio que seus epigramas podem parecer um pouco forçados.

Syme deu um soco na mesa.

– Ora, é verdade – disse ele – e nunca pensei nisso! Meu caro, você tem um intelecto fora do comum. Deverá ter um futuro brilhante.

– Oh, você está mais bêbado do que não sei quê! – disse o doutor.

– Só resta – continuou Syme, imperturbável – adotar outro método de quebrar o gelo (se assim posso me expressar) entre mim e o homem que desejo matar. E uma vez que o curso de um diálogo não pode ser previsto apenas por uma das partes (como você apontou com tanta perspicácia), a única coisa a ser feita, suponho, é para um dos participantes, na medida do possível, fazer todo o diálogo sozinho. E assim farei, juro! – E se levantou de repente, com seus cabelos amarelos balançando na leve brisa do mar.

Uma banda tocava ao vivo num café escondido em algum lugar entre as árvores, e uma mulher tinha acabado de cantar. Na cabeça aquecida de Syme, a música da banda parecia o tinido daquele realejo em Leicester Square, ao som do qual ele uma vez se levantou para morrer. Olhou para a mesinha onde o marquês estava sentado. O homem tinha dois companheiros agora, solenes franceses em sobrecasacas e chapéus de seda, um deles com a roseta vermelha da Legião de Honra, evidentemente pessoas de elevada posição social. Ao lado daqueles trajes pretos cilíndricos, o marquês, com seu chapéu de palha e roupas leves de primavera, parecia boêmio e até bárbaro; mas em todo caso parecia o marquês. Na verdade, pode-se dizer que parecia o rei, com sua elegância animal, seus olhos desdenhosos e sua cabeça orgulhosa erguida contra o mar púrpura. Mas não era um rei cristão; era, antes, um déspota moreno, meio grego, meio asiático, que, nos tempos em que a escravatura parecia natural, atravessava o Mediterrâneo em sua galé, olhando seus escravos que gemiam. É isso mesmo, pensava Syme, o rosto castanho-dourado de tal tirano caberia muito bem contra um fundo de oliveiras verde-escuras e o azul ardente.

– Você vai discursar para a multidão? – perguntou o professor irritado, vendo que Syme ainda estava de pé, sem se mexer.

Syme esvaziou o último copo de vinho espumante.

– Vou – disse ele, apontando para o marquês e seus companheiros. – Aquela reunião me desagrada. Eu vou puxar aquele nariz feio, grande e de cor de mogno.

Atravessou rapidamente a sala, ainda que não de forma muito firme. O marquês, ao vê-lo, cerrou de espanto as negras sobrancelhas assírias, mas sorriu educadamente.

– Você é o sr. Syme, creio eu – disse ele.

Syme fez uma reverência.

– E o senhor é o marquês de Saint Eustache – disse ele, graciosamente. – Permita-me puxar seu nariz.

Ele se inclinou para fazê-lo, mas o marquês pulou para trás, derrubando a cadeira, e os dois homens de cartola seguraram Syme pelos ombros.

– Esse homem me insultou! – disse Syme, gesticulando.

– Insultou você? – gritou o senhor da roseta vermelha. – Quando?

– Oh, agora mesmo – respondeu Syme, temerariamente. – Insultou minha mãe.

– Insultou sua mãe? – exclamou o cavalheiro, incrédulo.

– Bem, de qualquer forma – disse Syme, concedendo um ponto –, minha tia.

– Mas como pode o marquês ter insultado sua tia agora há pouco? – perguntou o segundo cavalheiro com alguma admiração legítima. – Esteve sentado aqui o tempo todo.

– Ah, andou proferindo algumas palavras! – disse Syme, ameaçador.

– Eu não falei nada – disse o marquês –, exceto algo sobre a banda. Só comentei que gostei de ouvir Wagner bem tocado.

– Foi uma alusão à minha família – disse Syme, com firmeza. – Minha tia tocava Wagner muito mal. É um assunto doloroso. Estamos sempre sendo insultados por isso.

– Parece coisa extraordinária – disse o cavalheiro que estava condecorado, olhando duvidoso para o marquês.

– Oh, eu lhe garanto – disse Syme, seriamente – que toda a sua conversa era simplesmente repleta de alusões sinistras às fraquezas de minha tia.

– Isso não faz sentido! – disse o segundo cavalheiro. – Eu, pelo menos, não disse nada durante meia hora, exceto que gostei do canto daquela garota de cabelo preto.

– Bem, aí está você de novo! – disse Syme, indignado. – O cabelo de minha tia era ruivo.

– Parece-me – disse o outro – que você está simplesmente procurando um pretexto para insultar o marquês.

– Por Deus! – disse Syme, olhando em volta e olhando para ele. – Que sujeito inteligente você é!

O marquês se levantou com os olhos flamejantes como os de um tigre.

– Procurando uma briga comigo! – exclamou ele. – Procurando uma briga comigo! Por Deus! Nunca houve um homem que me provocasse por muito tempo. Esses senhores talvez queiram ser minhas testemunhas. Ainda há quatro horas de luz do dia. Vamos nos bater esta noite.

Syme fez uma reverência com esplêndida graciosidade.

– Marquês – disse ele –, sua ação é digna de sua fama e sangue. Permita-me consultar por um momento os cavalheiros em cujas mãos me colocarei.

Em três longas passadas, ele se reuniu com seus companheiros, e eles, que tinham visto seu ataque inspirado pelo champanhe e que tinham ouvido suas idiotas explicações, ficaram bastante surpresos com a aparência dele. Pois agora que voltou para eles, estava bastante sóbrio, um pouco pálido, e lhes falou em voz baixa e enérgica.

– Consegui – disse ele, com voz rouca. – Vou me bater com essa besta. Mas olhem bem e escutem com atenção. Não há tempo para muita conversa. Vocês são minhas testemunhas e devem tratar de tudo. Vocês devem insistir, insistir categoricamente, que o duelo deve ocorrer amanhã depois das 7, para me dar a oportunidade de impedi-lo de tomar o trem das 7,45 para Paris. Se ele perder o trem, não vai chegar a tempo para o atentado. Não poderá se recusar a ceder nesse ponto tão pouco importante de tempo e lugar. Mas haverá de escolher um campo em algum lugar perto de uma estação à beira da estrada, onde ele possa tomar o trem. Ele é um ótimo espadachim e espera me deixar fora de combate a tempo de tomar o trem. Mas eu também posso me defender bastante bem e acho que posso mantê-lo em combate por um bom tempo, pelo menos até que o trem tenha passado. Então talvez ele me mate para se consolar. Estão compreendendo? Muito bem. Deixe-me apresentá-los, então, a alguns encantadores amigos meus – e conduzindo-os rapidamente até o outro lado da sala, apresentou-os, sob dois nomes bem aristocráticos, de quem nunca tinham ouvido falar, às testemunhas do marquês.

Syme estava sujeito a espasmos de bom senso singular, que normalmente não faziam parte de seu caráter. Eram (como ele disse sobre seu impulso em relação aos óculos) intuições poéticas e às vezes chegavam à exaltação da profecia.

Calculou corretamente, nesse caso, a política de seu oponente. Quando o marquês foi informado por suas testemunhas que Syme só poderia lutar pela manhã, deve ter percebido perfeitamente que um obstáculo surgira subitamente entre ele e seu compromisso do lançamento de bombas na capital. Naturalmente, não poderia apresentar essa objeção a seus amigos, por isso aceitou a solução que Syme prepusera. Aconselhou seus auxiliares a escolher uma pequena campina não muito longe da ferrovia e confiou na primeira estocada fatal que haveria de dar.

Quando desceu muito friamente ao campo da honra, ninguém poderia imaginar que estava ansioso com a viagem; pois mantinha as mãos nos bolsos, o chapéu de palha na cabeça e o belo rosto bronzeado ao sol. Mas poderia ter parecido muito singular a um estranho que fizessem parte de sua comitiva, não apenas as duas testemunhas carregando as espadas, mas também dois de seus criados levando uma maleta e uma cesta com o almoço.

Cedo como era a hora, o sol já encharcava tudo de calor, e Syme ficou vagamente surpreendido ao ver, entre a relva alta que chegava quase até os joelhos, tantas flores primaveris em tons dourados e prateados.

Com exceção do marquês, todos os homens estavam em trajes matinais sombrios e solenes, com chapéus altos que lembravam chaminés pretas; especialmente o pequeno doutor, com a adição de seus óculos pretos, parecia um agente funerário numa farsa. Syme não pôde deixar de sentir um contraste cômico entre esse cerimonial de enterro e a campina viçosa e brilhante, repleta de flores silvestres por toda a parte. Mas, na verdade, esse contraste cômico entre as flores amarelas e os chapéus pretos era apenas um símbolo do contraste trágico entre as flores amarelas e o tenebroso caso. À sua direita havia um pequeno bosque; bem longe, à sua esquerda, ficava a longa curva da via férrea, que ele estava, por assim dizer, protegendo do marquês, para quem era a meta e o caminho da fuga. Na frente dele e atrás do grupo de seus oponentes, podia ver, como uma nuvem colorida, um pequeno bosque de amendoeiras em flor contra a linha tênue do mar.

O membro da Legião de Honra, cujo nome parecia ser coronel Ducroix, abordou o professor e o dr. Bull com grande educação e sugeriu que a luta terminasse com a primeira lesão considerável.

O dr. Bull, no entanto, tendo sido cuidadosamente orientado por Syme sobre esse ponto, insistiu, com muita dignidade e num péssimo francês, que o duelo deveria continuar até que um dos contendores ficasse incapacitado. Syme decidira que poderia evitar inutilizar o marquês e evitar que o marquês o incapacitasse durante pelo menos vinte minutos. Em vinte minutos, o trem de Paris já teria passado.

– Para um homem da conhecida habilidade e valor como o sr. de St. Eustache – disse o professor solenemente –, deve ser uma questão indiferente o método adotado, e nosso diretor tem fortes razões para exigir um encontro mais longo, razões cuja delicadeza me impede de ser explícito, mas pela natureza justa e honrada da qual posso...

– *Peste*! – irrompeu atrás dele o marquês, cujo rosto se anuviou de repente. – Vamos parar de falar e começar – e cortou uma flor com um golpe de bengala.

Syme compreendeu a grosseira impaciência e instintivamente olhou por cima do ombro para ver se o trem já estava à vista. Mas não havia fumaça no horizonte.

O coronel Ducroix ajoelhou-se e destrancou a maleta, tirando um par de espadas gêmeas, que cintilaram à luz do sol e se transformaram em duas faixas de fogo branco. Ofereceu uma ao marquês, que a arrebatou sem cerimônia, e outra a Syme, que a tomou, a embainhou e a preparou com tanta demora quanta fosse compatível com a dignidade.

Então o coronel sacou outro par de lâminas, e tomando uma para si e entregando a outra ao dr. Bull, passou a colocar os contendores em seus lugares.

Ambos os combatentes tiraram os casacos e os coletes e ficaram com a espada nas mãos. As testemunhas ficaram de cada lado da linha de combate com espadas desembainhadas, mas ainda sombrios em suas sobrecasacas e chapéus escuros. Os duelistas se saudaram. O coronel disse calmamente: "Comecem!", e as duas lâminas se tocaram e tilintaram.

Quando o choque do ferro fundido se transmitiu ao braço de Syme, todos os medos fantásticos que tivera no decorrer dessa história desapareceram como os sonhos de um homem ao acordar na cama. Lembrava-se deles claramente e em ordem, como meras ilusões dos nervos... como o medo do professor tinha sido o medo dos acidentes tirânicos de um pesadelo, e como o do doutor tinha sido o medo do vácuo abafado da ciência. O primeiro tinha sido o antigo medo de que algum milagre pudesse acontecer, o segundo, o medo moderno mais desesperador de que nenhum milagre possa acontecer. Mas percebia que esses medos eram fantasias, pois se via diante do grande fato do medo da morte, com seu senso comum grosseiro e impiedoso. Sentia-se como um homem que sonhou a noite toda em cair em precipícios e acordou na manhã em que seria enforcado. Pois assim que viu a luz do sol percorrer a lâmina encurtada de seu adversário e assim que sentiu as duas línguas de aço se tocando, vibrando como duas coisas vivas, sabia que seu inimigo era um lutador terrível e que provavelmente sua última hora havia chegado.

Sentia um valor estranho e vívido em toda a terra a seu redor, na grama sob seus pés; sentia o amor pela vida em todas as coisas vivas. Quase podia imaginar que sentia a grama crescendo; quase podia imaginar que, enquanto estava parado, flores frescas brotavam e desabrochavam na campina... flores vermelho-sangue e dourado e azul ardente, cumprindo toda a pompa da primavera. E sempre que seus olhos se desviavam por um instante dos olhos calmos e hipnóticos do marquês, viam o pequeno bosque de amendoeiras contra o horizonte. Tinha a sensação de que, se por algum milagre escapasse, estaria pronto para sentar-se para sempre sob aquelas amendoeiras, não desejando mais nada no mundo.

Mas enquanto a terra e o céu e tudo tinham a beleza viva de uma coisa perdida, a outra metade de seu cérebro estava clara como cristal, e ele desviava os ataques do inimigo com uma espécie de habilidade mecânica da qual dificilmente se supunha capaz. Uma vez a ponta da espada do adversário percorreu seu pulso, deixando uma leve mancha de sangue, mas que não foi vista ou foi tacitamente ignorada. De vez em quando ele respondia, e uma ou duas vezes julgou que realmente o havia tocado, mas como não havia sangue na lâmina ou na camisa, supôs que estava enganado. Então veio o intervalo e a troca de lugares.

Correndo o risco de perder tudo, o marquês, deixando por brevíssimos instantes de fitar o oponente, lançou um olhar por cima do ombro para a linha férrea à sua direita. Então virou para Syme um rosto transfigurado de um demônio e começou a lutar como se tivesse vinte armas. O ataque veio tão rápido e furioso, que a única espada brilhante parecia uma chuva de flechas faiscantes. Syme não teve oportunidade de olhar para a via férrea; mas também não precisava fazê-lo. Podia adivinhar o motivo da súbita loucura da batalha do marquês... o trem de Paris estava à vista.

Mas a energia mórbida do marquês se excedeu. Duas vezes, Syme, desviando-se, levou o oponente para fora do círculo de luta; e na terceira vez sua resposta foi tão rápida, que não havia dúvidas sobre o golpe. A espada de Syme dobrou-se sob o peso do corpo do marquês, que havia perfurado.

Syme estava tão certo de ter enfiado a lâmina no inimigo quanto um jardineiro de ter enfiado a pá na terra. Mas o marquês recuou sem cambalear e Syme ficou olhando para a ponta de sua espada como um idiota. Não havia sangue algum na espada.

Houve um instante de silêncio total, e então Syme, por sua vez, se lançou furiosamente sobre o outro, tomado por um impulso de ardente curiosidade. O marquês foi provavelmente, em sentido geral, um esgrimista melhor que ele, como ele próprio havia imaginado no início, mas naquele momento o marquês parecia perturbado e em desvantagem. Lutava descontroladamente e até mesmo sem vigor; e olhava constantemente para a linha férrea, como se temesse mais o trem do que o aço pontiagudo. Syme, por outro lado, lutava ferozmente, mas ainda com cuidado, numa fúria intelectual, ansioso para resolver o enigma de sua espada sem sangue. Para esse propósito, mirava menos no corpo do marquês e mais na garganta e na cabeça dele. Um minuto e meio depois, sentiu a ponta penetrar no pescoço do adversário, abaixo do maxilar. Saiu limpa. Meio louco, deu nova estocada e fez o que deveria ser um corte sangrento na bochecha do marquês. Mas não aparecia nenhum corte aberto.

Por um momento, o céu de Syme voltou a toldar-se de terrores sobrenaturais. Certamente o homem tinha sua vida enfeitiçada. Mas esse novo pavor espiritual era algo mais terrível do que a mera confusão espiritual simbolizada pelo paralítico que o perseguia. O professor era apenas um duende; esse homem era um diabo... talvez fosse o próprio demônio! De qualquer forma, era certo que por três vezes lhe havia cravado a espada no corpo e não havia deixado nenhuma marca. Ao pensar nisso, Syme empertigou-se e tudo o que havia de bom nele cantava alto no ar como um vento forte canta na copa das árvores. Pensou em todas as coisas que em sua história eram humanas... das lanternas chinesas em Saffron Park, do cabelo ruivo da menina no jardim, dos marinheiros honestos e bebedores de cerveja no cais, de seus leais companheiros que ali o estavam apoiando. Talvez tivesse sido escolhido como defensor de todas essas coisas novas e bondosas, enfrentando de espada em punho o inimigo de toda a criação. "Afinal", disse para si mesmo, "sou mais que um demônio; sou um homem. Posso fazer a única coisa que o próprio satanás não pode fazer... posso morrer." E enquanto essas palavras passavam por sua cabeça, ouviu um pio fraco e distante, que em breve seria o rugido do trem de Paris.

Começou a lutar novamente com uma leveza sobrenatural, como um maometano ansiando pelo paraíso. À medida que o trem se aproximava cada vez mais, teve a impressão de ver pessoas erguendo arcos florais em Paris; juntou-se ao barulho crescente e à glória da grande República, cujo portão ele defendia contra o inferno. Seus pensamentos se elevavam cada vez mais com o rugido crescente do trem, que terminou, como que com orgulho, num apito longo e penetrante. O trem parou.

De repente, para espanto de todos, o marquês saltou para trás, fora do alcance do adversário, e largou a espada. O salto foi maravilhoso, e não menos maravilhoso porque Syme havia enfiado a espada, momentos antes, na coxa do homem.

– Pare! – disse o marquês com uma voz que obrigava a uma obediência momentânea. – Quero fazer uma declaração.

– O que há? – perguntou o coronel Ducroix, olhando fixamente. – Houve alguma irregularidade?

– Houve irregularidade em algum lugar – disse o dr. Bull, que estava um pouco pálido. – Nosso constituinte feriu o marquês pelo menos quatro vezes, e ele está na mesma.

O marquês ergueu a mão com um ar curioso e assombrosa paciência.

– Por favor, deixem-me falar – disse ele. – É bastante importante. Sr. Syme – continuou ele, virando-se para seu oponente –, estamos lutando hoje, se bem me lembro, porque você expressou um desejo (o que eu achei irracional) de puxar meu nariz. Você me faria o favor de puxar meu nariz agora o mais rápido possível? É que eu tenho de tomar esse trem.

– Protesto! Isso é totalmente irregular – disse o dr. Bull, indignado.

– Certamente é um caso que não tem precedentes – disse o coronel Ducroix, olhando melancolicamente para seu constituinte. – Há, creio eu, um caso registrado (o capitão Bellegarde contra o barão Zumpt) em que as armas foram trocadas no meio do embate a pedido de um dos combatentes. Mas dificilmente se pode chamar o nariz de alguém de uma arma.

– Você vai ou não puxar meu nariz? – perguntou o marquês, exasperado. – Venha, venha, sr. Syme! Você queria fazer isso, faça-o, pois! Não faz ideia do quanto isso é importante para mim. Não seja tão egoísta! Puxe meu nariz de uma vez, estou lhe pedindo! E se inclinou ligeiramente para a frente com um sorriso fascinante. O trem de Paris, ofegando e gemendo, havia parado numa pequena estação atrás de uma colina próxima.

Syme teve a sensação que já tivera mais de uma vez nessas aventuras... a sensação de que uma onda horrível e sublime, elevada até o céu, estava simplesmente desabando. Andando num mundo de que só compreendia a metade, deu dois passos à frente e agarrou o nariz romano desse notável nobre. Puxou com força e ficou com o nariz do outro na mão.

Ficou parado por alguns segundos com uma solenidade idiota, com a tromba de papelão ainda entre os dedos, olhando, enquanto o sol, as nuvens e as colinas arborizadas contemplavam aquela cena imbecil.

O marquês quebrou o silêncio com voz alta e alegre.

– Se alguém precisar de minha sobrancelha esquerda – disse ele –, pode ficar com ela. Coronel Ducroix, aceite minha sobrancelha esquerda! É o tipo de coisa que, algum dia, pode lhe ser útil – e arrancou com toda a seriedade uma de suas sobrancelhas morenas e assírias, que trouxe agarrada a ela metade de sua testa bronzeada e educadamente a ofereceu ao coronel, que ficou mudo e vermelho de raiva.

– Se eu soubesse – praguejou ele –, que eu estava servindo de testemunha a um poltrão que se estofa para combater...

– Oh, eu sei, eu sei! – disse o marquês, jogando imprudentemente várias partes de si mesmo para a direita e para a esquerda no campo. – Você está cometendo um erro; mas agora não posso explicar. Só lhe digo que o trem chegou à estação!

– Sim – disse o dr. Bull, com raiva. – E o trem sairá da estação e partirá sem você. Sabemos muito bem qual é a obra do diabo...

O misterioso marquês ergueu as mãos com um gesto desesperado. Ele era um estranho espantalho, parado ali ao sol, com metade do rosto arrancado e a outra metade se contraindo em caretas por baixo.

– Quer me deixar louco? – gritou ele. – O trem...

– Você não irá de trem – disse Syme, com firmeza, e agarrou a espada.

A figura selvagem virou-se para Syme e parecia estar se concentrando num esforço sublime antes de falar.

– Seu gordo, seu maldito, seu caolho, desajeitado, seu imbecil, sem cérebro, esquecido por Deus, seu burro, seu idiota! – disse ele, sem tomar fôlego. – Seu grande pateta, bobalhão, seu cabeça de bagre! Seu...

– Você não irá nesse trem – repetiu Syme.

– E por que, diabos – rugiu o outro –, haveria de querer tomar esse trem?

– Nós sabemos de tudo – disse o professor, severamente. – Você está indo para Paris para jogar uma bomba!

– Vou para Jericó declamar poemas! – gritou o outro, arrancando os cabelos, que se descolavam facilmente. – Todos vocês têm cérebro frouxo, será que não percebem quem sou? Julgam realmente que eu queria tomar aquele trem? Por mim, vinte trens de Paris poderiam passar. Malditos sejam os trens de Paris!

– Então com o que você se importa? – perguntou o professor.

– Com o que eu me importava? Não me interessava em apanhar o trem; mas sim que o trem não me apanhasse. E agora, por Deus!, ele me apanhou.

– Lamento informá-lo – disse Syme, com moderação – que suas observações não me impressionam de forma alguma. Talvez se você removesse os restos de sua testa original e parte do que antes era seu queixo, o significado de suas reclamações poderia ficar mais claro. A lucidez mental se realiza de muitas maneiras. O que pretende dizer ao afirmar que o trem o apanhou? Pode ser fantasia literária, mas de alguma forma sinto que isso deveria significar alguma coisa.

– Significa tudo – disse o outro. – E o fim de tudo. Domingo nos tem agora na palma da mão.

– A nós! – repetiu o professor, como se estivesse estupefato. – O que você quer dizer com "nós"?

– A polícia, é claro! – disse o marquês, arrancando o couro cabeludo e metade da máscara que cobria o rosto.

A cabeça que surgiu era a loira, bem penteada, cabeça de cabelos lisos, comum na polícia inglesa, mas o rosto estava terrivelmente pálido.

– Eu sou o inspetor Ratcliffe – disse ele, com uma espécie de pressa que beirava a aspereza. – Meu nome é bastante conhecido na polícia e posso ver muito bem que vocês pertencem a ela. Mas se houver alguma dúvida sobre minha posição, eu tenho um cartão. – E começou a tirar um cartão azul do bolso.

O professor fez um gesto de cansado.

– Oh, não nos mostre – disse ele, exausto. – Os que temos chegam para encher um cesto de lixo.

O homenzinho chamado Bull tinha, como muitos homens que parecem ser de mera vulgaridade, saídas de bom gosto. Aqui ele certamente salvou a situação. No meio dessa impressionante cena de transformação, ele deu um passo à frente com toda a gravidade e responsabilidade de testemunha e se dirigiu às duas testemunhas do marquês.

– Cavalheiros – disse ele –, todos nós lhes devemos um sério pedido de desculpas; mas garanto-lhes que não foram vítimas de uma brincadeira de mau gosto, como imaginam, ou mesmo de qualquer coisa indigna de homens honrados. Não desperdiçaram seu tempo, porque ajudaram a salvar o mundo. Não somos tolos, mas homens desesperados em guerra contra uma vasta conspiração. Uma sociedade secreta de anarquistas está nos caçando como se fôssemos lebres; não se trata de infelizes loucos que podem aqui ou acolá lançar uma bomba devido à fome ou à filosofia alemã; mas é uma igreja rica, poderosa e fanática, uma igreja do pessimismo oriental, que considera sagrado destruir a humanidade como se fosse um amontoado de vermes. Podem perceber a força com que nos perseguem pelo fato de sermos obrigados a usar disfarces e a valer-nos de trapaças ou brincadeiras como essa de que foram vítimas e pelas quais lhes pedimos desculpas.

A testemunha mais jovem do marquês, homem baixo de bigode preto, curvou-se educadamente e disse:

– É claro que aceito o pedido de desculpas; mas vocês, por sua vez, me perdoarão se eu me recusar a acompanhá-los mais longe em suas dificuldades e se me despeço aqui mesmo! A visão de um conhecido e distinto concidadão caindo no ridículo em pleno campo aberto é algo realmente incomum e, creio, suficiente para um dia. Coronel Ducroix, não pretendo de modo algum influenciar sua decisão, mas se você acha, como eu, que nossa presença aqui é um tanto anormal, eu vou voltar para a cidade.

O coronel Ducroix seguiu-o automaticamente, mas depois acariciou bruscamente o bigode branco e falou:

– Não, não vou! Se esses senhores estão realmente encrencados com um grupo de destruidores como esses, eu vou acompanhá-los. Lutei pela França e será duro não poder lutar pela civilização.

O dr. Bull tirou o chapéu e acenou com ele, aplaudindo como se estivesse num comício.

– Não faça muito barulho – disse o inspetor Ratcliffe. – Domingo pode ouvi-lo.

– Domingo! – gritou Bull, e deixou cair o chapéu.

– Sim – respondeu Ratcliffe. – Ele pode estar com eles.

– Com quem? – perguntou Syme.

– Com as pessoas fora daquele trem – disse o outro.

– O que você diz parece totalmente sem sentido – interveio Syme. – Ora, na verdade... Mas, meu Deus – exclamou ele, de repente, como um homem que vê uma explosão ao longe –, por Deus! Se isso for verdade, todos nós no Conselho Anarquista éramos contra a anarquia! Todos éramos detetives, exceto o presidente e seu secretário pessoal. O que significa isso?

– Significa – disse o novo policial com uma violência incrível –, significa que estamos mortos! Vocês não conhecem Domingo? Vocês não sabem que suas artimanhas são sempre tão grandes e tão simples que nunca pensamos nelas? Vocês conseguem pensar em algo mais parecido com Domingo do que isso, que ele deveria colocar todos os seus inimigos poderosos no Conselho Supremo e depois dar um jeito para que não fosse supremo? Eu lhes digo que ele comprou todas as empresas, capturou todos os cabos telegráficos, ele tem o controle de todas as linhas férreas, especialmente daquela! – e apontou com um dedo trêmulo para a pequena estação à beira da estrada. – Todo o movimento era controlado por ele; metade do mundo estava pronto para se levantar por ele. Mas havia apenas cinco pessoas, talvez, que teriam resistido a ele... e o velho diabo os colocou no Conselho Supremo, passando o tempo a espirar-se uns aos outros. Como somos idiotas! Ele planejou todas as nossas idiotices! Domingo sabia que o professor iria perseguir Syme por Londres e que Syme lutaria comigo na França. Enquanto isso acumulava grandes massas de capital, apoderava-se de grandes linhas telegráficas, ao passo que nós, cinco idiotas, corríamos uns atrás dos outros como um bando de crianças tolas brincando de cabra-cega.

– E agora? – perguntou Syme, com uma espécie de firmeza.

– Bem, – respondeu o outro com súbita serenidade – ele nos encontrou hoje brincando de cabra-cega num campo de grande beleza rústica e extrema solidão. Ele provavelmente domina o mundo; resta-lhe apenas capturar esse campo e todos os tolos dentro dele. E visto que desejam realmente saber qual era minha objeção à chegada daquele trem, vou lhes contar. É que precisamente neste momento, Domingo ou seu secretário acabaram de descer.

Syme soltou um grito involuntário, e todos voltaram os olhos para a estação distante. Era bem verdade que uma massa considerável de pessoas parecia estar se movendo na direção deles. Mas estavam distantes demais para poder distingui-los de alguma forma.

– Era hábito do falecido marquês de St. Eustache – disse o novo policial, tirando um estojo de couro – levar sempre consigo um binóculo. O presidente ou o secretário vem atrás de nós com aquela multidão. Apanharam-nos num lugar tranquilo e agradável, onde não temos a tentação de quebrar nossos juramentos, chamando a polícia. Dr. Bull, suspeito que o senhor verá melhor através desses do que através de seus óculos altamente decorativos.

Entregou o binóculo ao médico, que imediatamente tirou os óculos e colocou o aparelho nos olhos.

– Não pode ser tão ruim quanto você diz – disse o professor, um tanto abalado. – Há um bom número deles, certamente, mas podem facilmente ser turistas comuns.

– Turistas comuns – perguntou Bull, com o binóculo nos olhos – usam máscaras pretas na metade do rosto?

Syme arrancou-lhe o binóculo das mãos e passou a olhar com ele. A maioria dos homens da turba que avançava realmente parecia bastante comum; mas era bem verdade que dois ou três dos líderes da frente usavam meias-máscaras pretas quase até à boca. Esse disfarce era muito bom, especialmente a tal distância, e Syme achou impossível concluir qualquer coisa a partir dos maxilares e dos queixos bem barbeados dos homens que vinham conversando na frente. Mas logo, enquanto conversavam, todos sorriram e um deles sorriu de um só lado do rosto.

CAPÍTULO XI

OS CRIMINOSOS PERSEGUEM A POLÍCIA

Syme tirou o binóculo dos olhos com um imenso alívio.

– Seja como for, o presidente não está com eles – disse ele, enxugando a testa.

– Mas certamente eles ainda estão bem distantes, na linha do horizonte – disse o perplexo coronel, piscando e mal refeito da explicação apressada, ainda que educada, de Bull. – Conseguiria reconhecer seu presidente no meio de toda aquela multidão de gente?

– Será que eu reconheceria um elefante branco no meio de todas aquelas pessoas! – respondeu Syme, um tanto irritado. – Como você diz, na verdade, eles estão na linha do horizonte; mas se ele estivesse andando com eles... por Deus! Acredito que esse chão haveria de tremer.

Após breve pausa, o novo homem chamado Ratcliffe disse, em tom decidido e sombrio:

– É claro que o presidente não está com eles. Gostaria que ele estivesse. É muito mais provável que o presidente esteja a cavalgar triunfalmente por Paris, ou sentado nas ruínas da catedral de São Paulo.

– Isso é absurdo! – exclamou Syme. – Algo pode ter acontecido em nossa ausência; mas ele não poderia ter conquistado o mundo tão rapidamente. É bem verdade – acrescentou ele, franzindo a testa e olhando para os campos distantes que se estendiam em direção à pequena estação – é certamente verdade que parece haver uma multidão vindo para cá; mas também não é todo aquele exército que você imagina.

– Oh, eles – disse o novo detetive com desdém – não, eles não são uma força grandiosa. Mas deixe-me dizer francamente que eles são calculados com precisão de acordo com nosso valor... nós não somos muita coisa, meu rapaz, no universo de Domingo. Ele se apoderou de todos os cabos e telégrafos. E chega a pensar que matar o Conselho Supremo é coisa trivial, como rasgar um cartão postal; pode deixar seu secretário particular tratar disso – e ele cuspiu na grama.

Então ele se virou para os outros e disse um tanto austeramente:

– Há muito a ser dito sobre a morte; mas se alguém tiver alguma preferência por outra alternativa, aconselho-o incisivamente a me seguir.

Com essas palavras, voltou-lhes as largas costas e caminhou com energia silenciosa em direção à floresta. Os outros deram uma olhada por cima dos ombros e viram que a nuvem escura de homens se distanciara da estação e se movia com misteriosa disciplina pela planície. Já viam, mesmo a olho nu, nos rostos daqueles que andavam à frente, as manchas pretas desenhadas nas máscaras. Eles se viraram e seguiram Ratcliffe, que já havia penetrado no bosque e tinha desaparecido entre as árvores cintilantes.

O sol havia deixado a grama seca e quente. Por isso, ao mergulharem na floresta, sentiram um choque refrescante de sombra, como nadadores que mergulham numa piscina escura. O interior da floresta estava cheio de luz solar estilhaçada e sombras agitadas. Formavam uma espécie de véu trêmulo, quase lembrando a projeção de uma fita cinematográfica. Mesmo dos que caminhavam com ele, Syme mal conseguia ver os padrões de sol e sombra que dançavam sobre eles. Ora a cabeça de um homem estava iluminada como uma luz de Rembrandt[32], deixando todo o resto obliterado; ora tinha novamente mãos fortes e brancas com rosto negro. O ex-marquês tapara os olhos com o velho chapéu de palha, e a sombra preta da aba lhe cortava o rosto tão ao meio que parecia estar usando uma das meias-máscaras pretas de seus perseguidores. A fantasia aguçou o avassalador sentimento de admiração de Syme. Estava usando uma máscara? Alguém estava usando máscara? Será que alguém era alguma coisa? Essa floresta de bruxaria, em que os rostos dos homens ficavam alternadamente pretos e brancos, em que suas figuras primeiro cresciam na luz do sol e depois desapareciam na noite sem forma, esse mero caos de claro-escuro (após a clara luz do dia lá fora), parecia a Syme um símbolo perfeito do mundo em que se movia há três dias, esse mundo onde os homens tiraram a barba, os óculos e o nariz, e se transformaram em outras pessoas. Aquela trágica autoconfiança que sentira quando acreditava que o marquês era um demônio desapareceu estranhamente agora que sabia que o marquês era um amigo. Sentiu-se quase inclinado a perguntar, depois de todas essas perplexidades, o que era um amigo e o que era um inimigo. Havia alguma coisa diferente do que parecia? O marquês tinha tirado o nariz e se revelara detetive. Será que ele não poderia muito bem tirar a cabeça e se tornar um duende? Não era tudo, afinal, como essa floresta desconcertante, essa dança de escuridão e luz? Tudo era apenas um vislumbre, o vislumbre sempre imprevisto, e sempre esquecido. Pois Gabriel Syme encontrara no coração daquela floresta banhada pelo sol o que muitos pintores modernos ali haviam encontrado. Ele havia encontrado aquilo que as pessoas modernas chamam de impressionismo, que é outro nome para aquele ceticismo final que não consegue encontrar base para o universo.

Como um homem num sonho maligno se esforça para gritar e acordar, Syme esforçou-se, com um súbito esforço, para abandonar essa última e pior de suas fantasias. Com dois passos

---

32 Rembrandt Harmenszoon van Rijn (1606-1669), célebre pintor e gravurista holandês. (N.T.)

impacientes alcançou aquele que usava o chapéu de palha do marquês, o homem a quem ele passou a chamar de Ratcliffe. Numa voz exageradamente alta e alegre, quebrou o silêncio profundo e puxou conversa.

— Posso perguntar — disse ele — para onde, diabos, todos nós vamos?

Tão genuínas foram as dúvidas de sua alma, que ele ficou muito feliz em ouvir seu companheiro falar com uma voz humana e clara.

— Precisamos atravessar a cidade de Lancy para chegar até o mar — disse ele. — Acho que é menos provável que essa parte do país esteja com eles.

— O que você quer dizer com tudo isso? — gritou Syme. — Eles não podem governar o mundo real dessa maneira. Certamente não são muitos os trabalhadores que são anarquistas, e certamente se o fossem, meras multidões não poderiam derrotar os exércitos e a polícia modernos.

— Meras multidões! — repetiu seu novo amigo com um bufo de desprezo. — Então você fala sobre turbas e classes trabalhadoras como se fosse disso que se tratasse. Você tem aquela ideia eternamente idiota de que, se a anarquia viesse, viria dos pobres. Por quê? Os pobres foram rebeldes, mas nunca foram anarquistas; têm mais interesse do que qualquer outra pessoa na existência de um governo decente. O pobre realmente tem interesse no país. O homem rico não; ele pode ir para a Nova Guiné num iate. Os pobres por vezes fizeram oposição por serem mal governados; os ricos sempre se opuseram a ser governados. Os aristocratas sempre foram anarquistas, como você pode ver nas guerras dos barões[33].

— Como uma palestra sobre história da Inglaterra para crianças — disse Syme —, tudo isso é muito bom; mas ainda não compreendi sua aplicação.

---

33 Duas guerras civis ocorridas na Inglaterra entre as tropas de vários barões e as tropas da Coroa; a primeira ocorreu entre 1215 e 1217, e a segunda, entre 1264 e 1267, por questões políticas e econômicas. (N.T.)

– Sua aplicação é – disse seu informante – que a maioria dos velhos braços direitos de Domingo são milionários sul-africanos e americanos. É por isso que ele se apoderou de todas as comunicações; e é por isso que os últimos quatro campeões da força policial antianarquista estão correndo pela floresta como coelhos.

– Milionários, posso entender – disse Syme, pensativo. – São quase todos loucos. Mas conseguir alguns velhos senhores malvados e com manias é uma coisa; controlar grandes nações cristãs é outra. Apostaria o nariz que enfeita meu rosto (perdoe a alusão) que Domingo não conseguiria absolutamente nada, em qualquer lugar, se tentasse converter qualquer pessoa comum e normal.

– Bem – disse o outro –, depende do tipo de pessoa a que se refere.

– Bem, por exemplo – disse Syme –, ele nunca poderia converter aquela pessoa – e apontou diretamente para a frente dele.

Tinham chegado a um espaço aberto, iluminado pelo sol, que parecia expressar a Syme o retorno definitivo de seu bom senso; e no meio daquela clareira na floresta havia uma figura que bem poderia representar esse bom senso numa realidade quase terrível. Queimado pelo sol, manchado de suor e com a seriedade insondável de pequenos trabalhos necessários, um robusto camponês francês cortava lenha com um machado. Sua carroça estava a poucos passos de distância, já bastante cheia de lenha; e o cavalo que pastava na viçosa grama era, como seu dono, valoroso, mas não desesperado; e também como seu dono, era até roliço, mas ainda assim parecia triste. O homem era um normando, mais alto que a média dos franceses e muito anguloso; e seu vulto sombrio se projetava em negro num quadrado de luz solar, quase como um afresco representando uma pose alegórica de trabalho, pintada sobre fundo dourado.

– O sr. Syme está dizendo – gritou Ratcliffe ao coronel francês – que esse homem, pelo menos, nunca será um anarquista.

– O sr. Syme está certo – respondeu o coronel Ducroix, rindo –; mesmo que apenas pela razão de que ele tem propriedades para defender. Mas esqueci que em seu país vocês não estão acostumados a ver camponeses ricos.

– Ele parece pobre – disse o dr. Bull, em dúvida.

– É verdade – disse o Coronel. – É por isso que ele é rico.

– Eu tenho uma ideia – disse o dr. Bull, de repente. – Quanto ele cobraria para nos dar uma carona em sua carroça? Esses cães estão todos a pé e em breve poderemos deixá-los bem para trás.

– Oh, dê qualquer coisa a ele! – disse Syme, ansioso. – Tenho muito dinheiro comigo.

– Isso nunca vai acontecer – disse o coronel. – Ele nunca terá qualquer respeito por você, a menos que discuta com ele o preço.

– Oh, se ele pechinchar! – disse Bull, impaciente.

– Ele pechincha porque é um homem livre – disse o outro. – Você não compreende. Ele não haveria de apreciar a simples generosidade. Não é uma gorjeta que vão lhe dar.

Mesmo quando pareciam ouvir os passos pesados de seus estranhos perseguidores atrás deles, tiveram de parar e ficar esperando enquanto o coronel francês conversava com o lenhador francês, com todos os tipos de discussão e de abordagem do negócio, como se fosse um dia de mercado. Após quatro minutos, porém, viram que o coronel estava certo, pois o lenhador concordou, não com o vago servilismo de um agenciador muito bem pago, mas com a seriedade de um advogado a quem foram pagos os devidos honorários. Ele lhes disse que a melhor coisa que podiam fazer era descer até a pequena estalagem nas colinas acima de Lancy, onde o estalajadeiro, um velho soldado que se tornara devoto nos últimos anos, certamente simpatizaria com eles, e haveria até mesmo de correr riscos para ajudá-los. Todos, portanto, se acomodaram sobre as pilhas de lenha, em cima da carroça, e foram descendo a encosta pelo lado mais íngreme, no meio da floresta. Apesar de pesada e desconjuntada, a carroça andava com relativa rapidez, e logo tiveram a estimulante impressão de se distanciar completamente daqueles, quem quer que fossem, que os estavam perseguindo. Pois, afinal, o enigma sobre onde os anarquistas haviam conseguido todos esses seguidores ainda não tinha sido resolvido. A presença de um homem fora suficiente para eles; conseguiram fugir da vista do sorriso deformado do secretário. Vez por outra, Syme olhava por cima do ombro para trás, para o exército que vinha ao encalço deles.

À medida que a mata ficava mais rala e menor com a distância, ele podia ver as encostas ensolaradas além e acima; e por elas ainda se movia a multidão negra e quadrada como um besouro monstruoso. Sob a luz solar muito forte e com seus olhos igualmente fortes, parecidos com telescópicos, Syme conseguia ver claramente aquela massa de homens. Conseguia distingui-los individualmente; mas foi ficando cada vez mais surpreso com a maneira como eles se moviam, como se fossem um só homem. Pareciam estar vestidos com roupas escuras e chapéus simples, como qualquer multidão comum das ruas; mas os homens não se espalhavam formando várias linhas de ataque, como seria natural numa multidão desse tipo. Eles se moviam com uma espécie de mecânica perversa e terrível, como um exército de autômatos.

Syme apontou isso para Ratcliffe.

– Sim – replicou o policial. – Isso é disciplina. Isso é Domingo. Ele está, talvez, a quinhentas milhas de distância, mas o medo dele está em todos eles, como o dedo de Deus. Sim, caminham regularmente; e você aposta que estão conversando regularmente, sim, e pensando regularmente. Mas a única coisa importante para nós é que eles estão desaparecendo, regularmente.

Syme concordou, acenando com a cabeça. Era verdade que a mancha negra dos perseguidores diminuía cada vez mais à medida que o camponês fustigava o cavalo.

O nível da paisagem ensolarada, embora plano, de modo geral, descia no lado mais distante da floresta em ondas de forte declive em direção ao mar, de uma forma não muito diferente das encostas mais baixas das colinas de Sussex. A única diferença era que em Sussex a estrada seria tortuosa e cheia de curvas, como um córrego, mas aqui a branca estrada francesa se desenrolava na frente deles como uma cascata. Nessa descida direta, a carroça balançava perigosamente e, em poucos minutos, com a estrada se tornando ainda mais íngreme, viram abaixo deles o pequeno porto de Lancy e um grande arco azul do mar. A nuvem móvel de seus inimigos havia desaparecido completamente do horizonte.

O cavalo e a carroça deram uma volta brusca em torno de um grupo de olmos, e o focinho do cavalo quase atingiu o rosto de um velho senhor que estava sentado nos bancos do lado de fora do pequeno café Le Soleil d'Or. O camponês grunhiu um pedido de desculpas e desceu. Os outros também desceram da carroça e falaram com o velho senhor, dirigindo-lhe frases de cortesia, pois era evidente que ele, pelos modos expansivos, era o dono da pequena taberna.

Era um velho de cabelos brancos, de rosto maciço, olhos sonolentos e bigode grisalho; corpulento, certamente sedentário e muito ingênuo, de um tipo que pode ser frequentemente encontrado na França, mas é mais comum ainda nas regiões católicas da Alemanha. Tudo nele, o cachimbo, a caneca de cerveja, as flores e a colmeia, sugeria uma paz ancestral; quando os visitantes ergueram os olhos, ao entrar na estalagem, viram a espada dependurada na parede.

O coronel, que cumprimentou o estalajadeiro como um velho amigo, passou rapidamente para a sala e sentou-se, pedindo um refresco. A decisão militar de sua ação interessou a Syme, que sentou ao lado dele e, quando o estalajadeiro saiu, aproveitou a oportunidade para satisfazer sua curiosidade.

– Posso perguntar-lhe, coronel – disse ele, em voz baixa –, por que viemos para cá?

O coronel Ducroix sorriu por trás do seu bigode branco e eriçado.

– Por duas razões, senhor – disse ele –, e eu lhe darei primeiro não a mais importante, mas a mais útil. Viemos aqui porque este é o único lugar num raio de vinte milhas onde podemos conseguir cavalos.

– Cavalos! – repetiu Syme, erguendo os olhos rapidamente.

– Sim – replicou o outro –, se vocês realmente querem se distanciar de seus inimigos, só com cavalos poderão conseguir; a menos que, é claro, vocês tenham bicicletas e automóveis no bolso.

– E para onde você nos aconselha ir? – perguntou Syme, hesitante.

– Sem dúvida – respondeu o coronel –, é melhor você se apressar para chegar rapidamente na delegacia fora da cidade. Meu amigo, a quem apoiei em circunstâncias um tanto enganosas, parece-me exagerar muito as possibilidades de um levante geral; mas mesmo ele dificilmente dirá, suponho eu, que vocês não estejam seguros com os policiais.

Syme meneou a cabeça, sério, e então disse abruptamente:

– E seu outro motivo para vir até aqui?

– Minha outra razão para vir para cá – disse Ducroix, sobriamente –, é que é melhor ver um ou dois homens bons quando se está possivelmente perto da morte.

Syme olhou para a parede e viu uma imagem religiosa patética e grosseiramente pintada. Então ele disse:

– Você tem razão! – E quase imediatamente depois: – Alguém já tratou dos cavalos?

– Sim – respondeu Ducroix.– Você pode ter certeza de que dei ordens no momento em que entrei. Esses seus inimigos não deram impressão de pressa, mas eles estavam realmente se movendo maravilhosamente rápido, como um exército bem treinado. Eu não fazia ideia de que os anarquistas tivessem tanta disciplina. Vocês não têm um momento a perder.

Quase no momento em que estava falando, o velho estalajadeiro de olhos azuis e cabelos brancos entrou vagarosamente na sala e anunciou que seis cavalos estavam encilhados do lado de fora.

Seguindo o conselho de Ducroix, os outros cinco se muniram de algum tipo portátil de comida e vinho, e mantendo suas espadas de duelo como as únicas armas disponíveis, desceram a todo galope pela estrada íngreme e branca. Os dois criados, que carregavam a bagagem do marquês, quando ele ainda era marquês, foram deixados, por comum acordo, bebendo na taberna, o que certamente foi de seu pleno agrado.

A essa altura, o sol da tarde estava descendo no ocidente e, à luz de seus raios, Syme pôde ver a figura robusta do velho estalajadeiro diminuir cada vez mais, mas ainda de pé e seguindo-os com o olhar e em silêncio, com o sol reluzindo em seus cabelos prateados. Syme teve uma fantasia, fixa e supersticiosa, deixada em sua mente pela frase casual do Coronel: que esse homem fosse, talvez e de fato, o último estranho honesto que veria na terra.

Olhava ainda para esse vulto cada vez menor, que se erguia como uma mera mancha cinzenta tocada por uma chama branca contra a grande parede verde da descida íngreme atrás dele. E, enquanto olhava o topo da duna, por detrás do estalajadeiro, apareceu ali um exército de homens vestidos de preto e marchando. Pareciam pairar sobre o bom homem e sobre sua casa como uma nuvem negra de gafanhotos. Os cavalos tinham sido encilhados bem a tempo.

CAPÍTULO XII

A TERRA EM ANARQUIA

Incitando os cavalos a galopar, sem respeitar a descida bastante acidentada da estrada, os cavaleiros logo recuperaram a vantagem sobre os homens em marcha, e finalmente a maior parte dos primeiros edifícios de Lancy bloqueou a visão dos perseguidores. A cavalgada, no entanto, foi longa. Quando chegaram ao centro da cidade, o ocidente se aquecia com a cor e a qualidade do pôr do sol. O coronel sugeriu que, antes de ir à delegacia, deveriam, de passagem, fazer um esforço para conseguir a adesão à causa de mais um indivíduo que poderia ser útil.

– Quatro dos cinco homens ricos dessa cidade – disse ele – são vigaristas comuns. Suponho que a proporção seja praticamente igual em todo o mundo. O quinto é um amigo meu e um sujeito muito bom; e o que é ainda mais importante para nós, ele possui um automóvel.

– Estou com medo – disse o professor com seu jeito alegre, olhando para trás, ao longo da estrada branca em que a mancha preta e rastejante podia aparecer a qualquer momento –, receio que dificilmente vai nos sobrar tempo para visitas à tarde.

– A casa do dr. Renard fica a apenas três minutos – disse o coronel.

– Nosso perigo – disse o dr. Bull – não está a dois minutos.

– Sim – disse Syme. – Se avançarmos rápido, devemos deixá-los para trás, pois estão a pé.

– Ele tem um automóvel – disse o coronel.

– Mas podemos não conseguir que o empreste – disse Bull.

– Sim, ele está de nosso lado.

– Mas ele pode estar fora da cidade.

– Quietos! – exclamou Syme, subitamente. – Que barulho é esse?

Por um segundo, todos ficaram imóveis como estátuas equestres, e por um segundo... por dois, três ou quatro segundos... o céu e a terra pareciam igualmente quietos. Então, apurando os ouvidos, numa atenção angustiante, ouviram ao longo da estrada aquele ruído indescritível que significa apenas uma coisa... cavalos!

O rosto do coronel mudou instantaneamente, como se um raio o tivesse atingido, e ainda assim o deixasse ileso.

– Eles nos apanharam – disse ele, com breve ironia militar. – Preparem-se para receber a cavalaria!

– Onde podem ter conseguido os cavalos? – perguntou Syme, enquanto incitava mecanicamente seu cavalo a galopar.

O coronel ficou em silêncio por um momento, então disse com uma voz tensa:

– Eu estava falando com estrita exatidão quando disse que o Le Soleil d'Or era o único lugar onde se podia conseguir cavalos num raio de vinte milhas.

– Não! – exclamou Syme, com veemência. – Não acredito que ele faria isso. Não, com todo aquele cabelo branco.

– Ele pode ter sido forçado – disse o coronel, afavelmente. – Eles devem ser pelo menos uns cem. Por isso vamos ver meu amigo Renard, que tem carro.

Com essas palavras, virou o cavalo de repente numa esquina e desceu a rua com uma velocidade tão espantosa, que os outros, embora galopando, tiveram dificuldade em seguir a cauda esvoaçante de seu cavalo.

O dr. Renard morava numa casa alta e confortável, no topo de uma rua íngreme; por causa disso, quando os cavaleiros apearam à porta da casa, puderam ver mais uma vez a bela encosta verde da colina, atravessada pela estrada branca, erguendo-se acima de todos os telhados da cidade. Respiraram aliviados ao verem que a estrada ainda estava deserta e tocaram a campainha.

O dr. Renard era um homem simpático, de barba castanha, um bom exemplo daquela classe profissional silenciosa, mas muito ativa, que a França preservou muito melhor do que a Inglaterra. Quando o assunto lhe foi exposto, menosprezou inteiramente o pânico do ex-marquês; e disse, com o sólido ceticismo francês, que não havia probabilidade concebível de um levante anarquista geral.

– Anarquia – disse ele, encolhendo os ombros – é uma infantilidade!

– *Et ça!*[34] – gritou de repente o coronel, apontando por cima do ombro do outro. – Isso é infantilidade, não é?

Todos se voltaram e viram uma meia lua de cavalaria negra avançando sobre o topo da colina com toda a energia de Átila[35]. Enquanto cavalgavam, porém, apesar da velocidade, toda a formação equestre se mantinha bem ordenada, e as máscaras negras da primeira fileira vinham tão alinhadas quanto uma coluna militar em desfile. Mas, embora o quadrado principal fosse o mesmo, ainda que avançando mais depressa, havia agora uma diferença sensacional que podia ser vista claramente na encosta da colina, como se estivesse num mapa inclinado. A maior parte

---

34 Em francês, no original, que significa: "E isso!" (N.T.)
35 Átila (c. 400-453), rei dos hunos, foi por muito tempo o terror do Império Bizantino e do Império Romano do Ocidente por suas sucessivas incursões expansionistas e predatórias. (N.T.)

dos cavaleiros se mantinha em bloco cerrado; mas um cavaleiro voava muito à frente da coluna e, com movimentos frenéticos de mãos e calcanhares, incitava o cavalo em disparada, de modo que alguém poderia imaginar que ele não era o perseguidor, mas o perseguido. Mas mesmo àquela grande distância eles puderam constatar algo de tão fanático, de tão inquestionável em sua figura, que sabiam que só podia ser o próprio secretário.

– Lamento interromper uma discussão erudita – disse o coronel. – Mas pode me emprestar seu carro imediatamente, em dois minutos?

– Desconfio que vocês estão todos loucos – disse o dr. Renard, sorrindo afavelmente. – Mas Deus não permita que a loucura interfira de alguma forma na amizade. Vamos até a garagem.

O dr. Renard era um homem gentil, com uma riqueza monstruosa; suas salas eram como as do Museu de Cluny, e tinha três automóveis. Parecia, no entanto, que os usava com muita moderação, porque tinha os gostos simples da classe média francesa; e, quando seus impacientes amigos passaram a examiná-los, levaram algum tempo para se certificarem de que um deles, pelo menos, poderia funcionar. Com alguma dificuldade levaram-no para a rua em frente à casa do doutor. Quando saíram da garagem escura, ficaram surpresos ao descobrir que o crepúsculo já havia caído com a rapidez do anoitecer nos trópicos. Ou estavam no local há mais tempo do que imaginavam ou uma cortina incomum de nuvens se havia acumulado sobre a cidade. Olharam para as ruas íngremes e pareceu-lhes ver uma leve névoa subindo do mar.

– É agora ou nunca – disse o dr. Bull. – Estou ouvindo cavalos.

– Não – corrigiu o professor. – Um cavalo.

E, enquanto eles ouviam, era evidente que o ruído que se aproximava rapidamente das pedras barulhentas, não era o de toda a cavalgada, mas o de um único cavaleiro, que a havia deixado para trás... era o insano secretário.

A família de Syme, como a maioria daqueles que terminam na vida simples, já tivera um automóvel e ele sabia tudo sobre esses veículos. Saltou imediatamente para o assento do motorista e, com o rosto corado, passou a mexer e a lutar com alavancas e pedais que já não respondiam a contento. Concentrou sua força numa alça e então disse baixinho:

– Receio que aqui não se vai conseguir nada.

Quando ia dizendo isso, dobrando a esquina, com a velocidade e a rigidez de uma flecha, veio um homem montado em seu cavalo. Tinha um sorriso que lhe retorcia o queixo, como se estivesse deslocado. Passou ao lado do carro parado, onde se amontoava o grupo e pôs a mão na frente do automóvel. Era o secretário e, na solenidade do triunfo, sua boca se endireitou.

Syme se apoiava com força no volante e não se percebia nenhum ruído, a não ser o estrondo dos outros perseguidores entrando na cidade. Subitamente, ouviu-se um ronco de ferro arranhando e o carro saltou para frente. Arrancou o secretário da sela, como se arranca uma faca da bainha, arrastou-o esperneando por uns vinte passos e o deixou jogado na estrada bem distante de seu cavalo assustado. Quando o carro dobrou a esquina da rua com uma curva esplêndida, conseguiram ver os outros anarquistas entrando na rua e acudindo seu chefe caído.

– Não consigo entender por que ficou tão escuro – disse finalmente o professor em voz baixa.

– Acho que vem aí uma tempestade – disse o dr. Bull. – É uma pena que não tenhamos luz nesse carro, nem que fosse para ver aqui dentro.

– Temos – disse o coronel, e do chão do carro levantou uma pesada lanterna antiga, de ferro batido, com uma luz no interior. Era obviamente uma peça artesanal. Parecia que seu uso original tivesse sido religioso, pois havia uma tosca cruz moldada num dos lados.

– Onde, diabos, você conseguiu isso? – perguntou o professor.

– Onde consegui o carro – respondeu o coronel, rindo. – Em casa de meu melhor amigo. Enquanto nosso companheiro lutava com o volante, subi correndo os degraus da frente da casa e falei com Renard, que estava na varanda, como devem se lembrar. "Suponho", eu disse, "que não há tempo para comprar uma lâmpada." Ele olhou para cima, piscando amigavelmente para o belo teto arqueado do saguão de entrada. Estava ali suspensa, por meio de belas correntes de ferro, essa lanterna, um dos cem tesouros de sua casa. Com muita força, ele a arrancou do teto, quebrando os painéis pintados e derrubando, com violência, dois vasos azuis. Então me entregou a lanterna de ferro, e a coloquei no carro. Acham que eu não tinha razão quando disse que valia a pena conhecer o dr. Renard?

– Tinha – disse Syme, sério, e pendurou a pesada lanterna na frente. Havia até certa analogia com a situação deles no contraste entre o automóvel moderno e a estranha lanterna eclesiástica.

Até então eles haviam passado pela parte mais tranquila da cidade, encontrando apenas um ou dois pedestres, o que não lhes poderia dar nenhum indício da paz ou da hostilidade do lugar. Agora, porém, as janelas das casas começavam a iluminar-se uma a uma, dando maior sensação de habitação e de humanidade. O dr. Bull voltou-se para o novo detetive que os conduzia na fuga e permitiu-se dar um de seus sorrisos naturais e amigáveis.

– Essas luzes fazem a pessoa se sentir mais alegre.

O inspetor Ratcliffe cerrou as sobrancelhas.

– Só existe um conjunto de luzes que me deixa mais alegre – disse ele – e são aquelas luzes da delegacia que já posso ver do outro lado da cidade. Deus queira que possamos chegar lá em dez minutos.

Então todo o bom senso e otimismo de Bull explodiram repentinamente dentro dele.

– Oh, tudo isso é um delirante disparate! – exclamou ele. – Se imagina realmente que as pessoas comuns em casas comuns são anarquistas, você deve estar mais louco do que um anarquista. Se parássemos e atacássemos esses perseguidores, a cidade inteira combateria por nós.

– Não – disse o outro com uma simplicidade imóvel. – A cidade inteira lutaria por eles. Veremos.

Enquanto conversavam, o professor se inclinou para frente com súbita excitação.

– Que barulho é esse? – perguntou ele.

– Oh, os cavalos atrás de nós, suponho – disse o coronel. – Achei que nos tínhamos livrado deles.

– Os cavalos atrás de nós! Não – disse o professor. – Não são cavalos e não estão atrás de nós.

Enquanto ainda falava, do outro lado da rua, dois vultos brilhantes e barulhentos passaram correndo. Desapareceram quase num piscar de olhos, mas todos podiam ver que eram automóveis, e o professor se levantou, pálido, e jurou que eram os outros dois automóveis da garagem do dr. Renard.

– Já lhes disse que eram os dele – repetiu ele, com olhos arregalados. – E estavam cheios de homens mascarados!

– Absurdo! – disse o coronel, com raiva. – O dr. Renard nunca lhes emprestaria os carros.

– Ele pode ter sido forçado – disse Ratcliffe, calmamente. – A cidade inteira está do lado deles.

– Você ainda acredita nisso? – perguntou o coronel, incrédulo.

– Todos vocês vão acreditar em breve – interveio o outro com sua calma já em desespero.

Houve uma pausa embaraçosa, que durou algum tempo, e então o coronel voltou a falar bruscamente:

– Não, não posso acreditar. Não faz nenhum sentido. O povo simples de uma pacata cidade francesa...

Foi interrompido por um estrondo e um clarão de luz, que parecia ter ocorrido perto de seus olhos. À medida que o carro acelerava, deixava uma mancha flutuante de fumaça branca atrás dele, e Syme ouviu um tiro passar assobiando ao ouvido.

– Meu Deus! – exclamou o coronel, – Alguém abriu fogo contra nós.

– Não é necessário interromper a conversa – disse o sombrio Ratcliffe. – Por favor, retome seus comentários, coronel. Você estava falando, eu acho, sobre o povo simples de uma pacata cidade francesa.

O coronel, que olhava fixamente, já não se importava com a sátira. Dirigiu seu olhar por toda a rua.

– É extraordinário – exclamou ele. – Realmente extraordinário.

– Uma pessoa meticulosa – disse Syme – poderia chamar isso de desagradável. Suponho, no entanto, que aquelas luzes no campo, além desta rua, sejam da polícia. Em breve chegaremos lá.

– Não – disse o inspetor Ratcliffe, – Nunca chegaremos lá.

Estava de pé, olhando atentamente para frente. Então se sentou e alisou o cabelo reluzente com um gesto cansado.

– O que você quer dizer? – perguntou Bull, bruscamente.

– Quero dizer que nunca chegaremos lá – repetiu placidamente o pessimista. – Eles já têm duas filas de homens armados do outro lado da estrada; posso vê-los daqui. A cidade está em armas, como já disse. Só posso me consolar, prelibando a exatidão de minhas previsões.

E Ratcliffe sentou-se confortavelmente no carro e acendeu um cigarro, mas os outros se levantaram agitados para observar a rua. Syme, vendo que eles não se decidiam pelo plano a seguir, parou finalmente o carro na esquina de uma rua lateral que descia muito íngreme até o mar.

A cidade estava quase toda na sombra, mas o sol não havia desaparecido; onde quer que sua luz horizontal pudesse irromper, pintava tudo de um dourado ardente. Nessa rua lateral, a última luz do pôr do sol brilhava tão nítida quanto o feixe de luz artificial do teatro. Batia no carro dos cinco amigos e o iluminava como se fosse um carro em chamas. Mas o resto da rua, especialmente as duas extremidades, estava no crepúsculo mais profundo, e durante alguns segundos eles não conseguiram ver nada. Depois Syme, que tinha o olhar mais aguçado, deu um assobio baixo e amargurado e disse:

– É bem verdade. Há uma multidão ou um exército ou algo assim do outro lado daquela rua.

– Bem, se houver – disse Bull, impaciente –, deve ser outra coisa... uma briga simulada ou o aniversário do prefeito ou algo assim. Não posso e não vou acreditar que pessoas simples e alegres num lugar como esse andem por aí com dinamite nos bolsos. Avance um pouco, Syme, e vamos dar uma olhada neles.

O carro se arrastou cerca de cem passos à frente e então todos foram surpreendidos pelo dr. Bull caindo na gargalhada.

– Ora, seus idiotas! – exclamou ele. – O que é que lhes dizia? Essa multidão é tão respeitadora da lei como uma vaca, e se não fosse, estaria de nosso lado.

– Como é que você sabe? – perguntou o professor, olhando fixamente.

– Seu morcego cego – exclamou Bull. – Não vê quem os dirige e comanda?

Espiaram novamente e então o coronel, com a voz embargada, gritou:

– Ora, é Renard!

Havia, de fato, uma fileira de vultos sombrios atravessando a estrada e não podiam ser vistos claramente; mas bastante à frente, de modo que a luz do entardecer o iluminava, estava andando para cima e para baixo o inconfundível dr. Renard, com um chapéu branco, acariciando sua longa barba castanha e empunhando um revólver na mão esquerda.

– Que idiota tenho sido! – exclamou o coronel. – É claro que o velho e caro amigo veio nos ajudar.

Dr. Bull estava borbulhando de tanto rir, balançando a espada na mão tão descuidadamente quanto uma bengala. Pulou do carro e foi correndo pelo campo aberto, gritando:

– Dr. Renard! Dr. Renard!

Um instante depois, Syme pensou que os seus olhos andavam desvairados, pois o filantrópico dr. Renard levantou deliberadamente o revólver e disparou duas vezes contra Bull, de modo que os tiros ecoaram pela estrada.

Quase no mesmo instante em que a nuvem branca surgiu dessa explosão atroz, uma longa nuvem branca surgiu também do cigarro do cínico Ratcliffe. Como todos os outros, empalideceu um pouco, mas sorriu. O dr. Bull, contra quem as balas foram disparadas, falhando por pouco em atingir sua cabeça, ficou parado no meio da estrada, sem qualquer sinal de medo, depois se virou muito devagar, voltou para o carro e entrou nele com o chapéu furado em dois lugares.

– Bem – disse o fumante lentamente –, o que vocês acham agora?

– Eu acho – disse o dr. Bull com precisão – que estou deitado na cama no número 217 do edifício Peabody e que em breve acordarei sobressaltado; ou, se não for isso, acho que estou sentado numa pequena cela almofadada do hospital de Hanwell e que o médico não pode me dar grandes esperanças de cura. Mas se você quiser saber o que eu não acho, vou lhe dizer. Não penso o que você pensa. Não penso, e nunca pensarei, que a massa de homens comuns seja um bando de modernos pensadores sujos. Não, senhor, sou um democrata, e ainda não acredito que Domingo possa converter um marinheiro ou um contramestre. Não, eu posso estar louco, mas a humanidade não está.

Syme voltou seus brilhantes olhos azuis para Bull com uma seriedade que normalmente não deixava transparecer.

– Você é um sujeito muito bom – disse ele. – Você pode acreditar numa sanidade que não é apenas sua sanidade. E você está totalmente certo no tocante à humanidade e aos camponeses e a pessoas como aquele velho e alegre estalajadeiro. Mas você não está certo quanto a Renard. Desconfiei dele desde o início. É racionalista e, o que é pior, é rico. Quando o dever e a religião forem realmente destruídos, terão sido destruídos pelos ricos.

– Já estão destruídos – interveio o homem que fumava, e levantou-se com as mãos nos bolsos. – Os demônios estão chegando!

Os homens do automóvel olhavam ansiosos na direção de seu olhar sonhador, e viram que todo o regimento no final da estrada avançava contra eles, com o dr. Renard, de barba flutuando ao vento, marchando furiosamente na frente.

O coronel saltou do carro com uma exclamação indignada.

– Senhores – gritou ele. –, que coisa incrível! Deve ser uma brincadeira. Se vocês conhecessem Renard como eu... é como chamar a Rainha Vitória de dinamiteira. Se tivessem na cabeça alguma ideia a respeito de seu caráter...

– O dr. Bull – disse Syme, sarcasticamente –, pelo menos a tem no chapéu.

– Já lhes disse que não pode ser! – gritou o coronel, batendo os pés. – Renard deve explicar isso. Ele vai ter de me explicar isso. – e avançou.

– Não tenha tanta pressa – disse lentamente o fumante. – Logo mais haverá de explicar isso para todos nós.

Mas o impaciente coronel já estava fora do alcance da voz, avançando em direção ao inimigo que avançava. O entusiasmado dr. Renard levantou sua pistola novamente, mas percebendo seu oponente hesitou, e o coronel ficou frente a frente com ele, fazendo gestos frenéticos de protesto.

– Não adianta – disse Syme. – Não conseguirá nada daquele velho pagão. Proponho que nos lancemos no meio deles, para ver se conseguimos passar, como as balas passaram pelo chapéu de Bull. Todos nós podemos ser mortos, mas pelo menos haveremos de matar um bom número deles.

– Não concordo com isso – disse o dr. Bull, tornando-se mais vulgar na sinceridade de sua virtude. – Os pobres coitados podem estar cometendo um erro. Dê uma chance ao coronel.

– Devemos voltar, então? – perguntou o professor.

– Não – disse Ratcliffe com voz fria –, a rua atrás de nós também está tomada. Na verdade, parece que vejo lá outro amigo seu, Syme.

Syme virou-se rapidamente e, olhando para trás, para a trilha que haviam percorrido, viu, na penumbra, um grupo irregular de cavaleiros galopando na direção deles. E viu com nitidez, em cima da sela da frente, o brilho prateado de uma espada, e então, à medida que se aproximava, viu o brilho prateado do cabelo de um velho. No momento seguinte, com violência devastadora, como se não desejasse mais nada senão morrer, deu partida ao carro e o fez disparar pela rua íngreme até o mar.

– O que, diabos, está acontecendo? – exclamou o professor, agarrando-lhe o braço.

– A estrela da manhã caiu! – disse Syme, enquanto seu carro descia pela escuridão como uma estrela cadente.

Os outros não entenderam suas palavras, mas quando olharam para a rua acima, viram a cavalaria hostil dobrando a esquina e descendo as encostas atrás deles; e na frente de todos cavalgava o bom estalajadeiro, corado com a inocência ardente da luz do crepúsculo.

– O mundo está louco! – disse o professor, e enterrou o rosto nas mãos.

– Não – disse o dr. Bull, com humildade inflexível – Sou eu que estou louco.

– O que vamos fazer? – perguntou o professor.

– Nesse momento – disse Syme, com distanciamento científico –, acho que vamos bater num poste de luz.

No instante seguinte, o automóvel parou com um choque catastrófico contra um objeto de ferro. Logo a seguir, quatro homens saíram de um caos de metal e um poste alto e esguio que se erguia em linha reta na borda da avenida da marinha se destacava, dobrado e torcido, como o galho caído de uma árvore.

– Bem, pelo menos quebramos alguma coisa – disse o professor, com um leve sorriso. – Isso já é um consolo.

– Você está se tornando um anarquista – disse Syme, espanando suas roupas com seu instinto de elegância.

– Todos estão – disse Ratcliffe.

Estavam conversando ainda, quando viram chegando em desabrida o cavaleiro de cabelos brancos e seus seguidores e, quase no mesmo momento, uma fileira escura de homens corria gritando ao longo da orla marítima. Syme agarrou uma espada, prendeu-a entre os dentes; enfiou outras duas debaixo das axilas, tomou uma quarta na mão esquerda e a lanterna na direita, e saltou do alto paredão para a praia abaixo.

Os outros saltaram atrás dele, com uma aceitação irrestrita de semelhante ação decisiva, deixando lá em cima do paredão os destroços e a multidão que se amontoava.

– Temos mais uma chance – disse Syme, tirando a espada da boca. – Seja lá o que todo esse pandemônio signifique, suponho que a delegacia vai nos ajudar. Não podemos chegar lá, pois eles bloqueiam o caminho. Mas há um cais ou quebra-mar que se prolonga pelo mar adentro, que poderíamos defender por mais tempo do que qualquer outra coisa, como Horácio[36] defendeu a ponte. Temos de aguentar até que a chegada da polícia. Continuem comigo.

Seguiram-no enquanto ele caminhava pela praia e, em poucos momentos, suas botas não pisavam no areião e nos seixos do mar, mas em pedras largas e planas. Caminharam por um dique longo e baixo, que entrava por um só ramo pelo mar sombrio e agitado adentro e, quando alcançaram a ponta extrema, sentiram

---

36 Em 509 a.C., os etruscos atacaram Roma e chegaram até a ponte de madeira sobre o rio Tibre, ponte que conduzia ao coração da cidade de Roma; enquanto os engenheiros romanos trabalhavam para minar os pilares, três romanos ficaram em cima da mesma para repelir as tropas etruscas; um deles era Públio Horácio Cocles. (N.T.)

que haviam chegado ao fim de sua história. Voltaram-se e ficaram de frente para a cidade.

Com o tumulto, a cidade se havia transfigurado. Ao longo de todo o paredão de onde eles tinham acabado de saltar, havia uma torrente humana, sombria e barulhenta, com braços agitados e rostos afogueados, tateando e olhando na direção deles. A longa linha escura estava pontilhada de tochas e lanternas; mas mesmo onde nenhuma chama iluminava um rosto furioso, podiam ver no vulto mais distante, no gesto mais sombrio, um ódio organizado. Estava claro que todos os consideravam malditos dentre todos os homens, e eles não sabiam por quê.

Dois ou três homens, pequenos e negros como macacos, saltaram da beirada como eles haviam feito e caíram na praia. Correram pela praia, enterrando os pés na areia, gritando horrivelmente e se esforçando para entrar, ao acaso, mar adentro. O exemplo foi seguido e toda aquela massa negra de homens começou a correr e a cair do paredão como se fosse alcatrão.

Em primeiro lugar entre os homens na praia, Syme viu o camponês que havia conduzido a carroça. Montado num imponente cavalo da carroça, avançou pela espuma das águas e brandiu o machado contra eles.

– O camponês! – gritou Syme. – Desde a Idade Média que os camponeses não se insurgiam!

– Mesmo que a polícia venha agora – disse o professor, tristemente – eles não podem fazer nada contra toda essa multidão.

– Bobagem! – disse Bull, desesperado. – Deve haver alguém na cidade que ainda é humano.

– Não – disse o inspetor, melancolicamente – O ser humano em breve estará extinto. Nós somos os últimos.

– Pode ser – disse o professor, distraído. – Então acrescentou, com voz sonhadora: – Como é tudo isso no final do poema *Dunciad*[37]?

---

37 Poema de Alexander Pope (1688-1744), poeta britânico. (N.T.)

Nem chama pública; nem privada, ousa brilhar;
Nem luz humana resta, nem vislumbre divino!
Veja! teu terrível Império, Caos, foi restaurado;
A luz morre diante de tua palavra incriadora:
Tua mão, grande Anarquista, deixa a cortina cair;
E a escuridão universal encobre tudo.

– Parem! – gritou Bull, de repente. – Os policiais saíram da delegacia.

As luzes baixas da delegacia estavam realmente encobertas por vultos apressados, e eles ouviram, na escuridão, o estrépito e o tinido de uma cavalaria disciplinada.

– Eles estão atacando a multidão! – gritou Bull, extasiado ou alarmado.

– Não – disse Syme. – Eles estão dispostos em formação ao longo do paredão.

– Empunharam as carabinas – gritou Bull, dançando entusiasmado.

– Sim – disse Ratcliffe. – E eles vão atirar em nós.

Enquanto ele falava, ouviu-se um saraivada de tiros, e as balas pareciam saltar como granizo nas pedras à frente deles.

– Os policiais se uniram a eles! – gritou o professor, batendo na testa.

– Estou numa cela acolchoada – disse Bull, na maior frieza.

Houve um longo silêncio, e então Ratcliffe, olhando para o mar agitado, numa espécie de cor púrpura acinzentada, disse:

– O que importa quem é louco ou quem está em seu perfeito juízo? Estaremos todos mortos em breve.

Syme se voltou para ele e disse:

– Então você perdeu toda e qualquer esperança?

O sr. Ratcliffe manteve um silêncio pétreo; depois, por fim, disse com toda a calma:

– Não; por incrível que pareça, não perdi todas as esperanças. Há uma pequena esperança insana que não consigo tirar da cabeça. O poder de todo esse planeta está contra nós, no entanto, não posso deixar de me perguntar se essa pequena e tola esperança já perdeu toda a esperança.

– Em que ou em quem está sua esperança? – perguntou Syme, com curiosidade.

– Num homem que nunca vi – disse o outro, olhando para o mar de chumbo.

– Eu sei o que você quer dizer – disse Syme, em voz baixa. – O homem do quarto escuro. Mas Domingo já deve tê-lo matado.

– Talvez – disse o outro com firmeza. – Mas se foi assim, ele era o único homem que Domingo deveria ter dificuldade em matar.

– Ouvi a conversa de vocês – disse o professor, que estava de costas. – Também estou me apegando nesse alguém que nunca vi.

De repente, Syme, que estava parado como se estivesse cego por causa do pensamento introspectivo, virou-se e, como um homem que acordasse, gritou:

– Onde está o coronel? Achei que estivesse conosco!

– O coronel! Sim – gritou Bull. – Onde, diabos, está o coronel?

– Ele foi falar com Renard – disse o professor.

– Não podemos deixá-lo entre todas aquelas feras – gritou Syme. – Morramos como cavalheiros se...

– Não tenha pena do coronel – disse Ratcliffe, com um sorriso de escárnio pálido. – Ele está extremamente confortável. Ele está...

– Não! não! não! – gritou Syme, numa espécie de frenesi. – Não, o coronel também! Eu nunca vou acreditar!

– Você não acredita em seus olhos? – perguntou o outro, e apontou para a praia.

Muitos dos perseguidores tinham entrado na água e levantavam os punhos contra eles, mas o mar estava agitado e não conseguiam chegar ao cais. Dois ou três vultos, no entanto, pararam no início do caminho de pedra e parecia que estavam avançando cautelosamente. A luz de uma lanterna iluminou os rostos dos dois primeiros. Um deles usava uma meia máscara preta e embaixo dela a boca se contorcia com tal nervosismo que o tufo preto de barba se agitava como algo vivo e irrequieto. O outro era o rosto corado e o bigode branco do coronel Ducroix. Eles estavam se consultando seriamente.

– Sim, ele também se foi – disse o professor, e sentou-se numa pedra. – Tudo se foi. Eu também me fui. Não posso confiar no mecanismo de meu corpo. Sinto como se minha mão pudesse se erguer e me agredir.

– Quando minha mão se erguer – disse Syme –, vai agredir outro que não eu. – E foi caminhando ao longo do cais em direção ao coronel, espada numa das mãos e a lanterna, na outra.

Como que para destruir a última esperança ou dúvida, o coronel, que o viu chegando, apontou o revólver e disparou. O tiro não atingiu Syme, mas acertou sua espada, quebrando-a na empunhadura.

Syme respondeu de imediato, erguendo a lanterna de ferro acima de sua cabeça. E gritando "Judas diante de Herodes!", bateu com ela no coronel, derrubando-o por sobre as pedras. Então se virou para o secretário, cuja boca assustadora estava espumando, ergueu a lanterna bem alto com um gesto tão feroz e impressionante, que o outro ficou, por assim dizer, como que petrificado e teve de ouvi-lo.

– Está vendo essa lanterna? – gritou Syme, com voz terrível. – Está vendo a cruz gravada nela e a chama que arde dentro? Você não a fez; você não a acendeu. Homens melhores que você, homens capazes de acreditar e de obedecer, torceram as entranhas do ferro e conservaram a lenda do fogo. Não há uma rua em que você ande, não há uma roupa que você use, que não tenha sido feita como essa lanterna, e negando sua filosofia deprimente e de ratazanas. Vocês não conseguem fazer nada. Vocês só sabem destruir. Vocês vão destruir a humanidade; vão destruir o mundo. Que isso lhes baste! Mas essa velha lanterna cristã vocês não vão destruí-la. Ela irá para onde seu império de macacos nunca a poderá encontrar.

Bateu uma vez com a lanterna no secretário, fazendo-o cambalear; e então, girando-o duas vezes por sobre a cabeça, atirou-a para longe, no meio do mar, onde girou como um foguete incandescente e caiu.

– Espadas! – gritou Syme, voltando seu rosto flamejante para os três que o seguiam. – Vamos atacar esses cães, pois chegou a nossa hora de morrer.

Seus três companheiros o seguiram, de espada na mão. A de Syme estava quebrada, mas, derrubando um pescador, tomou-lhe das mãos uma clava. Num momento eles teriam se lançado contra a multidão e perecido, quando houve uma interrupção. O secretário que, desde o discurso de Syme, tinha ficado com as mãos na cabeça ferida, como se estivesse atordoado, subitamente tirou a máscara preta.

O rosto pálido assim exposto à luz da lamparina revelava não tanto raiva quanto espanto. Ergueu a mão com uma autoridade ansiosa e disse:

– Deve haver um engano, sr. Syme. Não creio que chegue a compreender sua situação. Prendo-o em nome da lei.

– Da lei? – disse Syme, e deixou cair a bengala.

– Certamente! – disse o secretário. – Sou um detetive da Scotland Yard. – E tirou um pequeno cartão azul do bolso.

– E o que você acha que somos? – perguntou o professor, erguendo os braços.

– Vocês são – disse o secretário, secamente –, como o sei de fato, membros do Conselho Supremo Anarquista. Disfarçado como um de vocês, eu...

O dr. Bull jogou sua espada no mar.

– Nunca houve qualquer Conselho Anarquista Supremo – disse ele. – Éramos todos um monte de policiais bobos vigiando uns aos outros. E todas essas boas pessoas que atiraram contra nós pensavam que éramos dinamiteiros. Eu sabia que não poderia me enganar com relação à multidão – disse ele, sorrindo para a enorme multidão, que se estendia até a distância em ambos os lados. – Pessoas comuns nunca são loucas. Eu também sou gente comum e sei disso. Agora vou para a praia para oferecer uma bebida para todos os presentes.

CAPÍTULO XIII

A PERSEGUIÇÃO AO PRESIDENTE

Na manhã seguinte, cinco pessoas perplexas, mas radiantes, embarcaram para Dover. O pobre e velho coronel poderia ter tido algum motivo para reclamar, pois tinha sido forçado a lutar por duas facções que não existiam e depois foi agredido e derrubado com uma lanterna de ferro. Mas, como era um velho cavalheiro magnânimo e que ficara muito aliviado por nenhum dos dois partidos ter qualquer relação com dinamite e destruição, foi até o cais despedir-se deles com grande alegria.

Os cinco detetives reconciliados tinham centenas de detalhes a explicar uns aos outros. O secretário teve de contar a Syme como eles passaram a usar máscaras originalmente para abordar o suposto inimigo, fingindo ser companheiros de conspiração.

Syme teve de explicar porque tinham fugido com tanta pressa, através de um país civilizado. Mas, acima de todas essas questões de detalhes que poderiam ser esclarecidas, ergueu-se o ponto central da questão que eles não conseguiam explicar. O que significava tudo aquilo? Se todos eram agentes inofensivos, o que era Domingo? Se não havia conquistado o mundo, o que, diabos, estava fazendo? O inspetor Ratcliffe ainda se sentia desnorteado diante de tudo isso.

– Não consigo entender o joguinho do velho Domingo, assim como vocês não conseguem – disse ele. – Mas seja lá o que for esse Domingo, ele não é um cidadão inocente. Com os diabos! Vocês se lembram do rosto dele?

– Eu lhe garanto – respondeu Syme – que nunca fui capaz de esquecê-lo.

– Bem – disse o secretário –, suponho que poderemos descobrir em breve, pois amanhã teremos nossa próxima assembleia geral. Você vai me desculpar – disse ele, com um sorriso bastante sombrio – por estar tão bem familiarizado com minhas funções de secretário.

– Acho que tem razão – disse o professor, pensativo. – Acredito que podemos descobrir isso através dele; mas confesso que teria um pouco de medo de perguntar a Domingo quem ele realmente é.

– Por quê? – perguntou o secretário. – De medo das bombas?

– Não – disse o professor. – De medo que ele me conte.

– Vamos tomar alguma coisa – disse o dr. Bull, após breve silêncio.

Durante toda a viagem de barco e de trem, eles foram muito sociáveis, mas instintivamente permaneceram juntos. O dr. Bull, que sempre foi o otimista do grupo, esforçou-se para persuadir os outros quatro de que todo o grupo poderia tomar a mesma pequena carruagem em Victoria; mas a proposta não foi aceita e tomaram uma carruagem de quatro rodas, com o dr. Bull no assento do cocheiro, cantando. Acabaram a viagem num hotel em Piccadilly Circus para estar mais perto de Leicester Square, onde haveria o encontro do café da manhã no dia seguinte. Mas as aventuras do dia não tinham ainda terminado. O dr. Bull, discordando da proposta geral de ir para a cama cedo, saíra do hotel por volta das 11 horas para ver e desfrutar de algumas das belezas de Londres. Vinte minutos depois, porém, voltou, fazendo grande alarido no saguão. Syme, que de início tentou acalmá-lo, foi finalmente obrigado a ouvir com toda a atenção o relato.

– Já lhe disse que o vi! – insistia o dr. Bull, com ênfase.

– Quem? – perguntou Syme rapidamente. – O presidente?

– Não é tão ruim assim – disse o dr. Bull, rindo meio sem sentido. – Não é tão ruim assim. Eu o tenho aqui.

– Quem? – perguntou Syme, impaciente.

– O homem cabeludo – disse o outro lucidamente. – O homem que era cabeludo... Gogol. Aqui está ele! – E puxou pelo braço aquele mesmo jovem que, cinco dias antes, com cabelo ruivo ralo e rosto pálido, tinha saído do Conselho, o primeiro de todos os pseudo-anarquistas a ser desmascarado.

– O que desejam de mim? – perguntou ele. – Vocês me expulsaram como espião.

– Somos todos espiões! – sussurrou Syme.

– Somos todos espiões! – gritou o dr. Bull. – Venha, vamos tomar um drink.

Na manhã seguinte, o batalhão dos seis reunido marchou impassivelmente em direção ao hotel de Leicester Square.

– Está ficando cada vez melhor – disse o dr. Bull, animado. – Somos seis homens e vamos perguntar a alguém o que está pretendendo.

– Acho que é um pouco mais complicado do que isso – disse Syme. – Acho que são seis homens que vão perguntar a outro o que pretende fazer.

Entraram em silêncio na praça e, embora o hotel ficasse na esquina oposta, viram imediatamente a pequena varanda e um vulto que parecia grande demais para ela. Estava sentado sozinho, de cabeça baixa, debruçado sobre um jornal. Mas todos os seus conselheiros, que tinham vindo para depô-lo, atravessaram a praça como se fossem observados do céu por uma centena de olhos.

Tinham discutido muito sobre como iriam proceder, ou seja, se deveriam deixar de lado Gogol, o desmascarado, e começar diplomaticamente, ou se deveriam levá-lo com eles e provocar imediatamente a explosão. A influência de Syme e Bull prevaleceu em favor da segunda alternativa, embora o secretário se perguntasse até o fim por que atacavam Domingo de maneira tão precipitada.

– Minha razão é bastante simples – disse Syme. – Eu o ataco sem pestanejar porque tenho medo dele.

Seguiram Syme pela escada escura em silêncio e todos chegaram ao mesmo tempo sob o radiante sol da manhã e acolhidos pelo largo sorriso de Domingo.

– Fantástico! – disse ele. – Muito prazer em ver a todos vocês. Que dia maravilhoso! O czar morreu?

O secretário, que por acaso era o primeiro, se recompôs para se exprimir com dignidade.

– Não, senhor – disse ele severamente –, não houve massacre. Não lhe trago notícias de espetáculos tão repugnantes.

– Espetáculos repugnantes? – repetiu o presidente, com um sorriso brilhante e questionador. – Você se refere aos óculos do dr. Bull[38]?

O secretário se engasgou por um momento, e o presidente continuou com uma espécie de apelo suave:

– Claro, todos nós temos nossas opiniões e até mesmo nossos olhos, mas realmente chamá-los de repugnantes na frente do próprio interessado...

O dr. Bull arrancou os óculos e quebrou-os em cima da mesa.

– Meus óculos são vis e mesquinhos – disse ele –, mas eu não. Olhe para meu rosto.

---

38 Trocadilho que só faz sentido em inglês porque o vocábulo *spectacles* quer dizer "espetáculos", mas significa também "óculos". (N.T.)

– Ouso dizer que é o tipo de rosto que cresce em alguém – disse o presidente. – Na verdade, cresce em você; e quem sou eu para implicar com os frutos silvestres da Árvore da Vida? Talvez algum dia semelhante rosto possa crescer em mim.

– Não temos tempo para tolices – disse o secretário, intervindo asperamente. – Viemos para saber o que tudo isso significa. Quem é você? O que você é? Por que nos trouxe aqui? Você sabe quem e o que somos? Você é um homem estúpido bancando o conspirador, ou você é um homem inteligente fazendo o papel de bobo? Responda, por favor.

– Os candidatos – murmurou Domingo – só são obrigados a responder oito das dezessete perguntas do questionário. Pelo que posso entender, você quer que eu lhe diga o que sou, e o que vocês são, e o que é essa mesa, e o que é esse Conselho, e o que é esse mundo, a meu ver. Bem, chegarei até o ponto de rasgar o véu de um dos mistérios. Se vocês querem saber o que são, vocês são um bando de jovens idiotas altamente bem-intencionados.

– E você – disse Syme, inclinando-se para frente –, o que você é?

– Eu? O que sou? – rugiu o presidente, erguendo-se lentamente a uma altura incrível, como uma enorme onda prestes a se arquear e a romper-se por cima deles. – Querem saber quem eu sou, não é? Bull, você é um homem da ciência. Pesquise nas raízes dessas árvores e descubra a verdade sobre elas. Syme, você é um poeta. Olhe para essas nuvens matinais. Mas eu lhes digo que vão descobrir a verdade acerca da última das árvores e da nuvem mais alta antes que consigam descobrir a verdade a meu respeito. Poderão chegar a compreender o mar, e eu ainda serei um enigma; poderão chegar a saber o que são as estrelas, e não chegarão a saber quem eu sou. Desde o início do mundo, todos os homens me caçaram como um lobo... reis e sábios, poetas e legisladores, todas as igrejas e todas as filosofias. Mas nunca conseguiram me apanhar, e os céus haverão de ruir quando isso acontecer. Propiciei-lhes uma boa corrida pelo dinheiro e agora é minha vez de partir.

Antes que um deles pudesse se mover, o monstruoso homem já havia saltado, como um enorme orangotango, a balaustrada da varanda. Antes de se deixar cair, soergueu-se novamente como se estivesse agarrado a uma barra horizontal de ginástica e, apoiando o queixo enorme na beirada da balaustrada, disse solenemente:

– Há uma coisa que vou lhes contar a meu respeito. Eu sou o homem do quarto escuro que fez de todos vocês policiais.

Depois dessas palavras, deixou-se cair da varanda, quicando nas pedras abaixo como uma grande bola de borracha, e foi saltando em direção à esquina da Alhambra, onde tomou uma carruagem que havia chamado. Os seis detetives ficaram estupefatos e lívidos à luz da última afirmação dele; mas quando desapareceu na carruagem, os sentidos práticos de Syme voltaram e, saltando da varanda tão imprudentemente que quase quebrou as pernas, chamou outra carruagem.

Ele e Bull entraram juntos nela; o professor e o inspetor tomaram outra, enquanto o secretário e o ex-Gogol subiram numa terceira, bem a tempo de seguir de perto Syme, que perseguia o presidente, que parecia voar. Domingo, em velocidade incrível, seguiu em direção ao Noroeste; seu cocheiro, evidentemente, sob a influência de incentivos fora do normal, incitava o cavalo a uma velocidade vertiginosa. Mas Syme não estava com disposição para delicadezas e se levantou em sua carruagem gritando "Parem o ladrão!", até que uma multidão foi se aglomerando e passou a correr ao lado de sua carruagem; e os policiais começaram a parar e a fazer perguntas. Tudo isso teve influência sobre o cocheiro do presidente que, começando a desconfiar, desacelerou a corrida para um ameno trote. Abriu a janela para falar com seu passageiro e, ao fazê-lo, deixou o longo chicote pendendo à frente da cabine. Domingo inclinou-se, agarrou-o e o arrancou violentamente das mãos do homem. Então, levantando-se, passou a chicotear o cavalo e a berrar, de modo que foram descendo as ruas como uma tempestade voadora. Rua após rua e praça após praça corria desenfreadamente esse veículo, em que o passageiro incitava o cavalo e o cocheiro tentava desesperadamente detê-lo. As outras três carruagens vinham atrás dele (se a expressão for permitida para um veículo) como cães ofegantes. Lojas e ruas passavam como flechas sibilantes.

No auge da velocidade, Domingo se voltou e, espiando com sua enorme cabeça sorridente para fora da janela da carruagem, com os cabelos brancos assobiando ao vento, fez uma careta horrível para seus perseguidores, parecendo um ouriço colossal. Depois, levantando a mão direita rapidamente, jogou uma bola de papel no peito de Syme e desapareceu. Syme a apanhou quando, instintivamente, tentava desviar-se dela; descobriu que consistia em dois papéis amassados. Um era endereçado a ele e o outro, ao dr. Bull, com uma enorme, e talvez de sentido irônico, sequência de letras após seu nome. O endereço do bilhete do dr. Bull era, de qualquer modo, consideravelmente mais longo do que o texto, pois esse consistia única e exclusivamente dessas palavras:

"O que diz *agora* de Martin Tupper?"[39]

– O que é que o velho maníaco quer dizer? – perguntou Bull, olhando para as palavras. – O que diz o seu, Syme?

A mensagem de Syme era, de qualquer forma, mais longa, e dizia o seguinte:

"Ninguém se arrependeria mais de qualquer interferência do arquidiácono do que eu. Espero que não se chegue a esse ponto. Mas, pela última vez, onde estão suas galochas? A coisa vai indo mal, especialmente depois do que o tio disse."

O cocheiro do presidente parecia estar recuperando algum controle sobre seu cavalo, e os perseguidores ganharam um pouco de terreno à medida que avançavam pela Edgware Road. E aqui ocorreu o que pareceu aos aliados uma paralisação

---

[39] Referência a Martin Farquhar Tupper (1810-1889), romancista e poeta inglês, e talvez à sua obra mais célebre e mais difundida ***Proverbial Philosophy***. (N.T.)

providencial. Tráfego de todo tipo estava desviando para a direita ou para a esquerda ou parando, pois ao longo da longa estrada vinha o apito inconfundível do carro dos bombeiros, que em poucos segundos passou como um raio. Apesar da velocidade com que vinha, Domingo saltou da carruagem e pulou para o carro de bombeiros, agarrou-se firme e subiu nele; foi visto desaparecendo na distância, conversando com o atônito bombeiro, tentando explicar-se com gestos.

– Atrás dele! – berrou Syme. – Agora é que não vamos perdê-lo, pois não há como confundir um carro de bombeiros.

Os três cocheiros, que por um momento ficaram atordoados, chicotearam os cavalos e diminuíram levemente a distância entre eles e sua presa que desaparecia. O presidente reconheceu essa proximidade e, passando à retaguarda do carro, fez repetidas reverências, atirou beijos e finalmente jogou um bilhete cuidadosamente dobrado no peito do inspetor Ratcliffe. Quando esse o abriu, não sem impaciência, leu essas palavras:

"Fuja imediatamente. Sabe-se toda a verdade sobre os suspensórios de suas calças... UM AMIGO."

O carro de bombeiros foi se dirigindo ainda mais para o Norte, para uma região que não reconheciam; e, enquanto passava por uma linha de grades altas sombreada de árvores, os seis amigos ficaram surpresos, mas um pouco aliviados, ao ver o presidente saltar do carro de bombeiros, embora não soubessem se fora por capricho ou pelo crescente protesto dos bombeiros. Antes que as três carruagens chegassem ao local, ele galgou as altas grades como um enorme gato cinza, pulou e desapareceu no meio de denso arvoredo.

Syme, com um gesto furioso, mandou parar a carruagem, saltou e começou a galgar o gradeado. Quando já tinha uma perna para o outro lado da grade, virou para os companheiros que o seguiam, com um rosto pálido que brilhava na sombra.

– Que lugar pode ser esse? – perguntou ele. – Será que é a casa do velho diabo? Ouvi dizer que ele possui uma casa no norte de Londres.

– Melhor ainda – disse o secretário, sério, plantando um pé num ponto de apoio. – Vamos encontrá-lo em casa.

– Não, mas não é isso – disse Syme, cerrando as sobrancelhas. – Ouço ruídos horríveis, como se fossem demônios rindo e espirrando ou assoando seu diabólico nariz!

– São seus cachorros latindo, é claro – disse o secretário.

– Por que não diz que são seus besouros pretos latindo! – disse Syme, furioso. – Caracóis latindo! Gerânios latindo! Você já ouviu um cachorro latir assim?

Ergueu a mão e saiu do matagal um longo rugido que parecia penetrar na pele e congelar até os ossos... um rugido baixo e penetrante que fez vibrar o ar ao redor deles.

– Os cães de Domingo não seriam cães comuns – disse Gogol, estremecendo.

Syme saltou para o outro lado, mas continuava escutando ainda, com impaciência.

– Bem, escutem isso – disse ele. – Será que é um cachorro... o cachorro de alguém?

Chegou então a seus ouvidos um grito rouco, como se fosse um protesto, um clamor com dores repentinas; e então, ao longe, como um eco, um som prolongado e nasal, como se fosse de uma trombeta.

– Bem, a casa dele deveria ser um inferno! – disse o secretário. – E, se for o inferno, estou entrando nele! – E saltou por cima das grades quase com um único impulso.

Os outros o seguiram. Romperam um emaranhado de plantas e arbustos e chegaram a um caminho aberto. Nada à vista, mas o dr. Bull, de repente, bateu palmas.

– Ora, seus idiotas – gritou ele. – É o Zoológico!

Enquanto procuravam desordenadamente por qualquer vestígio de sua presa, um guarda uniformizado veio correndo pelo caminho, acompanhado de um homem à paisana.

– Veio por aqui? – perguntou o guarda, ofegante.

– Por aqui, o quê? – perguntou Syme.

– O elefante! – gritou o guarda. – Um elefante enlouqueceu e fugiu!

– Fugiu com um velho senhor – disse o outro estranho, sem fôlego. – Um velho cavalheiro de cabelos brancos!

– Que tipo de velho cavalheiro? – perguntou Syme, com grande curiosidade.

– Um senhor muito grande e gordo, com roupas cinza claro – respondeu o guarda, ansioso.

– Bem – disse Syme –, se ele é esse tipo específico de velho cavalheiro, se você tem certeza de que é um velho grande e gordo, vestido com roupas cinza, pode acreditar em minha palavra de que o elefante não fugiu com ele. Foi ele que fugiu com o elefante. Deus ainda não criou o elefante capaz de raptar alguém... Raios o partam! Ali está ele!

Dessa vez, não havia mais dúvida alguma. Lá, do outro lado de um belo espaço gramado, a cerca de duzentos passos de distância, com uma multidão gritando e correndo em vão atrás dele, seguia um enorme elefante cinza com passadas firmes e rápidas, com a tromba levantada, rígida como o mastro de um navio e bramindo como a trombeta do destino. Nas costas do animal que berrava e corria estava sentado o presidente Domingo com toda a placidez de um sultão, mas incitando o animal a uma velocidade furiosa com algum objeto pontiagudo que segurava nas mãos.

– Tentem parar o animal! – gritava a multidão. – Ele vai sair pelo portão!

– Parem com essa avalanche! – disse o guarda. – Já passou pelo portão!

E mesmo enquanto falava, um derradeiro estrondo e um grito de terror anunciaram que o grande elefante cinzento havia derrubado os portões do Jardim Zoológico e descia correndo a Albany Street como uma espécie de ônibus novo e veloz.

– Meu Deus! – gritou Bull. – Nunca imaginei que um elefante pudesse andar tão rápido. Bem, se não quisermos perdê-lo de vista, temos de recorrer a pequenas carruagens velozes.

Enquanto corriam para o portão por onde o elefante havia desaparecido, Syme teve uma deslumbrante visão, por onde passavam, dos estranhos animais nas jaulas. Mais tarde, achou estranho tê-los visto tão nitidamente. Lembrou-se especialmente de ter visto pelicanos com seus incríveis papos pendentes. Nem perguntou por que o pelicano era símbolo da caridade, a não ser, talvez, porque era preciso muita caridade para admirar um pelicano. Lembrou-se de um calau, que era simplesmente um enorme bico amarelo com um pequeno pássaro "amarrado" atrás dele. O conjunto lhe dava a sensação, cuja vivacidade não conseguia explicar, de que a natureza estava sempre fazendo brincadeiras um tanto misteriosas. Domingo lhes tinha dito que haveriam de compreendê-lo quando conseguissem compreender as estrelas. Ele se perguntava se até mesmo os arcanjos conseguiam compreender o calau.

Os seis infelizes detetives atiraram-se para dentro de carruagens e seguiram o elefante, compartilhando o terror que ele espalhava por toda a extensão das ruas. Dessa vez Domingo não se voltou, mas ofereceu-lhes a vista de suas imensas e largas costas indiferentes, que os enlouqueceu, se possível, mais ainda do que suas zombarias anteriores. Pouco antes de chegarem à Baker Street, no entanto, foi visto jogando algo para o alto, como um menino faz com uma bola, com a intenção de agarrá-la novamente. Mas, em virtude da velocidade, caiu muito para trás, perto da carruagem em que estava Gogol; e este, na débil esperança de que contivesse uma pista ou que refletisse algum impulso inexplicável, parou a carruagem para recolhê-lo. Era endereçado a ele próprio e era um pacote bastante volumoso. Ao examiná-lo, porém, descobriu que seu volume consistia em trinta e três pedaços de papel sem valor enrolados uns nos outros. Quando rasgou o penúltimo, ficou com um pequeno pedaço de papel nas mãos, no qual estava escrito:

"A palavra, imagino, deveria ser *cor-de-rosa*."

O homem outrora conhecido como Gogol não disse nada, mas os movimentos de suas mãos e pés eram como os de um homem incitando um cavalo a redobrar esforços.

Atravessando rua após rua, bairro após bairro, ia o prodigioso elefante corredor, chamando multidões a todas as janelas e desviando o trânsito para a esquerda e para a direita. E mesmo assim, apesar de toda essa publicidade maluca, as três carruagens seguiam atrás dele e até passaram a ser consideradas parte de uma procissão, talvez parte de anúncio de um circo. A velocidade era tamanha que as distâncias se encurtavam inacreditavelmente, e Syme viu o Albert Hall em Kensington quando pensou que ainda estava em Paddington. O passo do animal era ainda mais rápido e desimpedido nas aristocráticas ruas desertas de South Kensington, e finalmente dirigiu-se para aquela parte do horizonte onde a enorme Roda de Earl's Court se erguia para o céu. A roda foi ficando cada vez maior até encher o céu como uma roda de estrelas.

O animal ultrapassou em muito as carruagens. Perderam-no de vista ao dobrar várias esquinas, e quando chegaram a um dos portões da Exposição de Earl's Court, encontraram-se finalmente bloqueados. Na frente deles havia uma multidão enorme; no meio dela havia um enorme elefante, arfando e bamboleando, como fazem essas criaturas disformes. Mas o presidente havia desaparecido.

– Para onde ele foi? – perguntou Syme, saltando da carruagem.

– O cavalheiro entrou correndo na Exposição, senhor! – disse um oficial de maneira atordoada. Depois acrescentou com voz magoada: – Cavalheiro engraçado, senhor. Pediu-me para segurar a montaria dele e me deu isto.

Ele estendeu com desgosto um pedaço de papel dobrado, endereçado "Ao Secretário do Conselho Central Anarquista".

O secretário, furioso, abriu-o e encontrou escrito o seguinte:

Quando o arenque corre uma milha,

Que o secretário sorria;

Quando o arenque tentar voar,

Que o secretário morra.

Provérbio rústico

– Por que, cargas d'água – começou o secretário –, você deixou o homem entrar? As pessoas costumam vir à sua exposição montadas em elefantes loucos? É mesmo...

– Olhem! – gritou Syme subitamente. – Olhe para lá!

– Olhar para o quê? – perguntou o secretário, descontrolado.

– Olhem para o balão cativo! – disse Syme, e apontava freneticamente.

– Por que, diabos, eu deveria olhar para um balão cativo? – exigiu o secretário. – O que há de estranho num balão cativo?

– Nada – disse Syme –, exceto que não é cativo!

Todos voltaram os olhos para onde o balão flutuava e inchava preso acima da Exposição por uma corda, como se fosse um balão de criança. Um segundo depois, a corda se partiu, logo abaixo do cesto, e o balão, solto, flutuou para longe, com a liberdade de uma bolha de sabão.

– Por dez mil demônios! – gritou o secretário. – Ele se meteu nisso! – e ergueu seus punhos contra o céu.

O balão, carregado por uma lufada de vento, pairou logo acima, e eles puderam ver a grande cabeça branca do presidente espiando pela lateral e olhando para eles com benevolência.

– Que Deus tenha piedade de minha alma! – disse o professor com o ar de um velho que nunca consegue se separar de sua barba embranquecida e de seu rosto encovado. – Que Deus tenha piedade de minha alma! Pareceu-me que alguma coisa caiu em cima do meu chapéu!

Ergueu a mão trêmula e tirou daquela aba um pedaço de papel retorcido, que abriu distraidamente, apenas para descobrir que estava desenhado um coração, com as seguintes palavras:

"Sua beleza não me deixou indiferente.

... De Bolinha de Neve."

Houve um breve silêncio e depois Syme disse, mordendo a barba:

– Ainda não me sinto derrotado. Aquela maldita coisa deve ter caído em algum lugar. Vamos segui-lo!

CAPÍTULO XIV

OS SEIS FILÓSOFOS

Através de verdes campos, saltando sebes floridas, seguiam extenuados os seis detetives, a cerca de cinco milhas de Londres. O otimista do grupo havia proposto inicialmente que deveriam continuar seguindo o balão pelo sul da Inglaterra, acomodados nas carruagens. Mas como o balão se recusava insistentemente a seguir as estradas e como os cocheiros também se recusavam, e com muito maior insistência, a seguir o balão, acabou por se convencer da inutilidade de persistir no uso das carruagens. Consequentemente, os incansáveis, embora exasperados, caminhantes tiveram de atravessar matagais escuros e de percorrer campos arados, de modo que cada um deles acabou se transformando numa figura irreconhecível, pior que um vagabundo. As colinas verdes de Surrey assistiram ao colapso final e à tragédia do admirável terno cinzento-claro com que Syme partira de Saffron Park. Um galho de árvore havia estraçalhado seu chapéu de seda, seu casaco ficou num estado lastimável, rasgado até os ombros pelos espinhos, o barro da Inglaterra tinha salpicado suas roupas até o colarinho; mas ainda carregava sua barba amarelada com uma determinação silenciosa e irada, e seus olhos ainda estavam fixos naquela bola flutuante de gás, que em pleno pôr do sol parecia colorida como uma nuvem crepuscular.

— Afinal – disse ele –, é muito bonito!

— É singular e estranhamente lindo! – disse o professor. – Gostaria que o abominável saco de gás explodisse!

— Não – disse o dr. Bull. – Espero que não. Isso poderia machucar o velho.

— Machucá-lo? – disse o vingativo professor. – Machucá-lo? Não tanto quanto eu o machucaria se conseguisse apanhá-lo. Bolinha de Neve!

— De qualquer forma, não quero que ele se machuque – disse o dr. Bull.

— O quê? – gritou amargamente o secretário. – Você acredita em toda aquela história de que ele seja nosso homem do quarto escuro? Domingo poderia dizer que era não sei quem.

— Não sei se acredito ou não – disse o dr. Bull. – Mas não é isso que quero dizer. Não posso desejar que o balão do velho Domingo estoure, porque...

— Bem – disse Syme, impaciente. – Por quê?

— Bem, porque ele próprio é tão parecido com um balão – disse o dr. Bull, desesperadamente. – Não entendo absolutamente nada de toda essa história de que ele é o mesmo homem que nos deu todos os cartões azuis. Tudo isso parece um disparate. Não me importo que o saibam, mas sempre simpatizei com o velho Domingo, mesmo perverso como era. Até parece um bebê saltitante. Como posso explicar essa minha estranha simpatia que não me impediu de combatê-lo com todas as forças? Será que faz sentido se eu disser que gosto dele porque é tão gordo?

— Não – disse o secretário.

— Agora descobri – exclamou Bull. – É porque ele é tão gordo e ao mesmo tempo tão leve. Exatamente como um balão. Sempre pensamos nas pessoas gordas como pesadas, mas ele poderia competir em dança contra uma sílfide. Agora entendo o que quero dizer. A força moderada se mostra na violência, a força suprema, na leveza. É como as velhas especulações... o que aconteceria se um elefante pudesse saltar no ar como um gafanhoto?

– Nosso elefante – disse Syme, olhando para cima – saltou para o alto como um gafanhoto.

– E de alguma forma – concluiu Bull – é por isso que não posso deixar de gostar do velho Domingo. Não, não é uma admiração pela força, ou qualquer coisa boba assim. Há uma espécie de alegria no caso, como se ele estivesse cheio de boas notícias. Vocês, às vezes, não sentiram isso num dia de primavera? Vocês sabem que a natureza prega peças, mas de alguma forma esses dias provam que são peças de bom gosto. Eu nunca li a Bíblia, mas a parte da qual alguns riem é a pura verdade: "Por que saltais, vós, ó altas montanhas?"[40] As montanhas saltam... pelo menos tentam... Por que eu gosto do Domingo?... como posso dizer?... porque ele é um Saltador.

Houve um longo silêncio, e então o secretário disse com voz curiosa e tensa:

– Vocês não conhecem Domingo. Talvez seja porque vocês são melhores do que eu, e não conhecem o inferno. Eu era um sujeito feroz e um pouco mórbido desde o início. O homem que vive na escuridão e que nos escolheu a todos me escolheu porque eu tinha toda a aparência maluca de um conspirador... porque meu sorriso era retorcido e meus olhos eram sombrios, mesmo quando eu sorria. Mas devia haver algo em mim que mexia com os nervos de todos esses anarquistas. Quando vi Domingo pela primeira vez, ele me transmitiu a sensação, não de vitalidade aérea, como a vocês, mas algo ao mesmo tempo grosseiro e triste na Natureza das Coisas. Encontrei-o fumando numa sala crepuscular, um cômodo com persianas marrons, infinitamente mais deprimente do que a escuridão genial em que vive nosso mestre. Ele se sentou num banco, um enorme acúmulo de homem, escuro e fora de forma. Ouviu todas as minhas palavras

---
40 Salmo 68, 16. (N.T.)

sem falar e sem se mexer. Despejei meus apelos mais apaixonados e fiz perguntas das mais eloquentes. Então, depois de um longo silêncio, a Coisa começou a tremer, e pensei que estivesse abalado por alguma doença secreta. Tremia como uma gelatina repugnante e viva. Isso me lembrou de tudo que eu já li sobre os corpos básicos que são a origem da vida... os corpúsculos do fundo do mar e o protoplasma. Parecia a forma final da matéria, a mais disforme e mais indecente. Eu só podia dizer a mim mesmo, a partir daqueles estremecimentos, que pelo menos já era alguma coisa que tal monstro pudesse sofrer. E então me ocorreu que aquela montanha bestial estava tremendo de riso solitário, e o motivo da risada era eu. Pedem-me agora para perdoá-lo por isso? Não é pouca coisa ser ridicularizado por algo ao mesmo tempo inferior e mais forte do que você mesmo.

– Certamente vocês estão exagerando descontroladamente – interrompeu a voz clara do inspetor Ratcliffe. – O presidente Domingo é um sujeito terrível para o intelecto, mas fisicamente não é tão esquisito quanto vocês imaginam. Ele me recebeu num escritório comum, com um casaco xadrez cinza, em plena luz do dia. Falou comigo de maneira normal. Mas vou lhes dizer o que há de um tanto assustador em Domingo. O quarto dele é bem arrumado, suas roupas bem ajeitadas, tudo parece em ordem; mas ele é muito distraído. Às vezes, seus grandes olhos brilhantes ficam completamente alheios a tudo. Por horas ele esquece que você está ali. Ora, a distração num homem mau é algo horrível. Imaginamos que o homem malvado está sempre alerta. Não podemos pensar num sujeito perverso que seja honesta e sinceramente sonhador, porque nem sequer conseguimos pensar num homem que seja mau só consigo mesmo. Um indivíduo distraído é um homem de boa índole, é um homem que, se reparar em nós, pede desculpas. Mas como haveríamos de suportar um homem distraído que, se reparasse em nós, nos matasse? Isso é o que estraçalha os nervos, abstração combinada com crueldade. Homens já sentiram isso algumas vezes quando, ao atravessar florestas selvagens, tiveram a sensação de que os animais ali eram ao mesmo tempo inocentes e impiedosos. Eles não se importam, ignoram ou matam. Você gostaria de passar dez horas mortais numa sala com um tigre distraído?

– E o que você acha de Domingo, Gogol? – perguntou Syme.

– Não penso em Domingo por princípio – disse Gogol, secamente. – Assim como não fico olhando para o sol ao meio-dia.

– Bem, esse é um ponto de vista – disse Syme, pensativo. – O que você me diz, professor?

O professor caminhava com a cabeça baixa, arrastando a bengala, e não respondeu.

– Acorde, professor! – disse Syme, cordialmente. – Diga-nos o que você acha de Domingo.

O professor finalmente falou, muito lentamente.

– Não consigo – disse ele – exprimir claramente o que penso. Ou melhor, penso algo que nem consigo pensar com clareza. Mas é algo mais ou menos assim. Minha vida pregressa, como sabem, foi um tanto desordenada e libertina. Bem, quando vi o rosto de Domingo pensei que era grande demais... como aconteceu com todos, mas também achei que ele era um libertino. O rosto era tão grande, que não era possível focá-lo ou distinguir bem seus contornos. Os olhos estavam tão longe do nariz, que não eram olhos. A boca estava tão isolada, que só se podia pensar nela e mais nada. A coisa toda é muito difícil de explicar.

Ele parou um pouco, ainda arrastando a bengala, e então continuou:

– Mas vamos colocá-lo dessa forma. Subindo uma estrada à noite, vi uma lâmpada, uma janela iluminada e uma nuvem formando juntas um rosto completo e inconfundível. Se alguém no céu tiver esse rosto, eu o reconhecerei de imediato. Mas depois de andar um pouco mais, descobri que não havia rosto, que a janela estava a dez passos de distância, a lâmpada a cem passos, a nuvem, além do mundo. Bem, o rosto de Domingo me escapou; fugiu para a direita e para a esquerda, como essas imagens casuais costumam se esvair. E assim o rosto dele me levou, de alguma forma, a duvidar se há realmente algum rosto. Não sei se seu rosto, Bull, é um rosto ou uma combinação em perspectiva. Talvez um disco preto de seus óculos diabólicos esteja bem perto e o outro a cinquenta milhas de distância. Oh, as dúvidas de um materialista não valem nada! Domingo me ensinou as últimas e piores dúvidas, as dúvidas de um espiritualista. Eu sou budista, suponho; e o budismo não é um credo, é uma dúvida. Meu pobre e caro Bull, não acredito que você realmente tenha um rosto. Não tenho fé suficiente para acreditar na matéria.

Os olhos de Syme ainda estavam fixos no globo errante que, avermelhado pela luz do entardecer, parecia um mundo mais rosado e inocente.

– Já repararam uma coisa estranha – disse ele – em todas as suas descrições? Cada um de vocês ao descrever Domingo difere totalmente da descrição do outro, mas cada um de vocês só pode encontrar uma coisa para compará-lo... o próprio universo. Bull o julga semelhante à terra na primavera; Gogol o compara ao sol ao meio-dia; ao secretário lhe recorda o protoplasma disforme; e ao inspetor, o abandono das florestas virgens; o professor afirma que ele é uma paisagem em transformação. Isso é estranho, mas é ainda mais estranho que eu também tenha tido uma ideia peculiar sobre o presidente, pois ao pensar nele penso no mundo todo.

– Vá um pouco mais depressa, Syme – disse Bull. – Não se importe com o balão.

– Quando vi Domingo pela primeira vez – disse Syme lentamente –, só vi as costas dele; e quando vi suas costas, percebi que ele era o pior homem do mundo. Seu pescoço e ombros eram brutais, como os de algum deus simiesco. Sua cabeça tinha um feitio que dificilmente era humana, parecia a de um boi. Na verdade, tive imediatamente a revoltante impressão de que não se tratava de um homem, mas de uma fera vestida com roupas de homem.

– Vá em frente – disse o dr. Bull.

– E então aconteceu uma coisa estranha. Eu tinha visto suas costas da rua, enquanto ele estava sentado na varanda. Depois entrei no hotel e, contornando-o, vi seu rosto à luz do sol. O rosto dele me assustou, como aconteceu com todos; mas não porque fosse brutal, não porque fosse mau. Pelo contrário, assustou-me por ser tão belo, por ser tão bom.

– Syme – exclamou o secretário –, você está doente?

– Era como o rosto de algum antigo arcanjo, julgando com justiça após guerras heroicas. Tinha riso nos olhos e na boca, honra e tristeza. Ali estava o mesmo cabelo branco, os mesmos grandes ombros vestidos de cinza que eu tinha visto por trás. Mas quando o vi por trás tive certeza de que era um animal e quando o vi de frente, julguei que ele era um deus.

– Pã[41]! – disse o professor, sonhadoramente. – Era um deus e um animal.

– Então, e de novo e sempre – continuou Syme, como um homem falando sozinho – esse foi para mim o mistério de Domingo, e esse é também o mistério do mundo. Quando vejo as costas horríveis, tenho certeza de que o rosto nobre é apenas uma máscara. Quando vejo o rosto, nem que seja por um instante, sei que as costas são apenas uma brincadeira. O mal é tão mau, que não podemos deixar de considerar o bem como um acaso; o bem é tão bom, que temos certeza de que podemos explicar o mal. Mas tudo chegou a uma espécie de auge ontem, quando corri atrás de Domingo na carruagem, e sempre logo atrás dele o tempo todo.

---

41 Na mitologia grega, Pã é o deus dos bosques, dos campos, dos rebanhos e dos pastores; era representado com orelhas, chifres e pernas de bode, e levava sempre consigo uma flauta. (N.T.)

– Você teve tempo para pensar, então? – perguntou Ratcliffe.

– Tempo – respondeu Syme – para um pensamento ultrajante. De repente fiquei obcecado pela ideia de que aquela nuca cega e nua era, na realidade, o rosto... um rosto horrível, um rosto sem olhos me fitando! E imaginei que o vulto correndo à minha frente era, na verdade, um vulto que corria para trás, e dançando enquanto corria.

– Horrível! – disse o dr. Bull, estremecendo.

– Horrível não é a palavra – disse Syme. – Foi certamente o pior momento de minha vida. E ainda assim, dez minutos depois, quando ele colocou a cabeça para fora da carruagem e fez uma careta de gárgula, eu sabia que ele era apenas como um pai brincando de esconde-esconde com os filhos.

– É um jogo interminável – disse o secretário, e franziu a testa, olhando para suas botas rotas.

– Escutem – exclamou Syme, com extraordinária ênfase. – Posso lhes contar o segredo do mundo inteiro? É que só conhecemos as costas do mundo. Vemos todas as coisas por trás e parece brutal. Aquilo não é uma árvore, mas as costas de uma árvore. Aquilo não é uma nuvem, mas as costas de uma nuvem. Vocês não veem que tudo se curva e esconde o rosto? Se ao menos pudéssemos ver tudo de frente...

– Olhem! – gritou Bull, subitamente. – O balão está caindo!

Não havia necessidade de gritar isso para Syme, que nunca tirara os olhos dele. Viu o grande globo luminoso cambalear repentinamente no céu, endireitar-se e depois afundar lentamente atrás das árvores como um sol ao se pôr.

O homem chamado Gogol, que mal havia falado durante todas as cansativas viagens, de repente ergueu as mãos como um espírito perdido.

– Morreu! – gritou ele. – E agora eu sei que ele era meu amigo... meu amigo na escuridão!

– Morto! – bufou o secretário. – Você não vai encontrá-lo morto tão facilmente. Se pulou do cesto do balão, vamos encontrá-lo rolando como um potro rola no campo e fica dando coices no ar para se divertir.

– E batendo os cascos – disse o professor. – Os potros fazem isso e Pã também.

– Pã, de novo! – disse o dr. Bull, irritado. – Você parece pensar que Pã é tudo.

– E é – disse o professor. – Em grego, *Pan* significa tudo.

– Não se esqueça – disse o secretário, olhando para baixo – de que também quer dizer *Pânico*.

Syme ficou de pé sem dar atenção nenhuma às exclamações dos outros.

– Caiu ali – disse ele, secamente. – Vamos segui-lo!

E acrescentou com um gesto indescritível:

– Oh, se morreu foi só para nos enganar! Seria mais uma de suas brincadeiras.

Caminhou em direção às árvores distantes com uma nova energia, com suas roupas em farrapos tremulando ao vento. Os outros o seguiram mais céticos e com os pés doloridos. E quase no mesmo momento os seis perceberam que não estavam sozinhos naquele pequeno campo.

Pelo gramado, vinha ao encontro deles um homem alto, apoiado num bastão longo e estranho, semelhante a um cetro. Vestia um terno elegante, mas antiquado, com calças até os joelhos; de cor indefinida entre azul, violeta e cinza que pode ser vista em certas sombras da floresta. Seu cabelo era cinza esbranquiçado e, à primeira vista, combinando com suas calças, parecia empoado. De andar calmo, se não fosse a cor prateada que lhe cobria a cabeça, poderia ser confundido com uma das sombras da floresta.

— Cavalheiros — disse ele —, meu mestre colocou uma carruagem à disposição, que está esperando por vocês na estrada logo ali ao lado.

— Quem é seu mestre? — perguntou Syme, sem se mover.

— Fui informado de que o senhor sabia o nome dele, — disse o homem respeitosamente.

Houve um silêncio, e então o secretário perguntou:

— Onde está essa carruagem?

— Está aguardando há apenas alguns momentos — disse o estranho. — Meu mestre acabou de chegar em casa.

Syme olhou para a esquerda e para a direita do campo verde, onde se encontrava. As sebes eram sebes comuns, as árvores pareciam árvores comuns; mas ele se sentia como um homem preso num país de fadas.

Olhou de alto a baixo o misterioso embaixador, mas não conseguiu descobrir nada, exceto que o casaco do homem era da cor exata das sombras roxas e que o rosto era da cor exata do céu vermelho, marrom e dourado.

— Mostre-nos o lugar — disse Syme, secamente: e, sem dizer palavra, o homem de casaco violeta virou as costas e caminhou em direção a uma abertura na sebe, pela qual se pôde ver subitamente uma estrada branca.

Quando os seis andarilhos chegaram a essa via, viram a estrada branca bloqueada pelo que parecia ser uma longa fila de carruagens, uma fileira de carruagens que poderia impedir o acesso a alguma casa em Park Lane. Ao lado dessas carruagens, havia uma fileira de criados esplêndidos, todos vestidos com uniforme cinza-azulado e todos com certa imponência e liberdade que normalmente não caberia a servos de um cavalheiro, mas sim aos oficiais e embaixadores de um grande rei. Havia nada menos que seis carruagens esperando, uma para cada membro do grupo esfarrapado e miserável. Todos os atendentes (como se estivessem em trajes de corte) usavam espadas e, à medida que cada homem subia na respectiva carruagem, eles as desembainhavam e faziam uma saudação com súbito brilho do aço.

– O que pode significar tudo isso? – perguntou Bull a Syme enquanto se separavam. – Será mais uma brincadeira de Domingo?

– Não sei –- respondeu Syme, afundando-se, cansado, no meio das almofadas de sua carruagem. – Mas se for, é uma das brincadeiras de que você fala. É uma bem agradável.

Os seis aventureiros tinham passado por muitas experiências imprevistas, mas nenhuma os tinha levado a um extremo como essa última, que era de total conforto. Todos eles estavam acostumados com as coisas difíceis; mas de repente as coisas correram de modo suave, o que os deixou desnorteados Não conseguiam nem imaginar para que todo esse aparato de carruagens; bastava-lhes saber que eram carruagens e, mais ainda, carruagens com almofadas. Não faziam a menor ideia de quem seria o velho que os guiava; mas bastava que ele os conduzisse com toda a certeza até as carruagens.

Syme foi passando através de uma escuridão nebulosa em total abandono. Era típico dele que, enquanto podia fazer qualquer coisa seguia em frente de cabeça erguida, mas a partir do momento que lhe tiraram todo o poder de decisão de suas mãos, recostou-se nas almofadas em franco colapso.

Vagamente e de modo gradual, percebeu que a carruagem o levava através de esplêndidas estradas. Viu que passaram pelos portões de pedra do que poderia ter sido um parque, que começaram a subir vagarosamente uma colina arborizada de ambos os lados, mas notou que, pela disposição ordenada das árvores, não era uma floresta. Então como se acordasse lentamente de um sono tranquilo, começou a sentir prazer em todas as coisas. Percebeu que as sebes eram como deveriam ser, paredes vivas; que uma cerca viva é como um exército humano, disciplinado, mas ainda mais vivo. Viu olmos atrás das sebes e pensou vagamente em como os meninos ficariam felizes se pudessem subir neles. Então sua carruagem fez uma curva seca em seu trajeto e viu, súbita e silenciosamente, como uma baixa e alongada nuvem do pôr do sol, uma casa comprida e baixa, banhada pela suave luz do ocaso. Os seis amigos teceram comparações mais tarde sobre suas impressões, discutindo alguns aspectos, mas todos concordaram que, de alguma forma inexplicável, o lugar lhes recordava a própria infância. Fosse esse majestoso olmo ou aquele caminho tortuoso, fosse essa porção de pomar ou aquele formato de uma janela; cada um deles afirmava que conseguia lembrar-se desse detalhe com mais rapidez e facilidade do que da própria mãe.

Finalmente, quando as carruagens chegaram a um pórtico grande, baixo e cavernoso, outro homem com o mesmo uniforme, mas usando uma estrela prateada no peito cinza do casaco, veio ao encontro deles. Esse indivíduo imponente disse ao perplexo Syme:

– Em seu quarto, haverá de encontrar refrescos.

Syme, sob a influência do mesmo sono hipnótico de espanto, subiu as grandes escadas de carvalho, seguindo o respeitoso criado. Ele entrou num esplêndido conjunto de aposentos que parecia ter sido projetado especialmente para ele. Caminhou até um longo espelho, impelido pelo instinto de elegância, para ajeitar a gravata ou para alisar o cabelo; e foi ali que viu em que estado assustador se encontrava... sangue escorrendo pelo rosto, no local em que o galho o atingira, os cabelos desgrenhados como se fossem fiapos amarelos de grama rala, suas roupas rasgadas, com farrapos pendendo em profusão. Imediatamente se estampou diante dele todo o enigma e de forma muito simples: como viera parar ali e de que jeito haveria de sair de lá. Exatamente nesse momento um homem de azul, nomeado seu criado particular, disse com toda a solenidade:

– Preparei suas roupas, senhor.

– Roupas? – disse Syme, sarcasticamente. – Não tenho roupas exceto estas – e levantou duas longas tiras da sobrecasaca e fez um movimento como se fosse dançar.

– Meu mestre me pede para lhe comunicar – disse o criado – que haverá um baile com fantasias esta noite, e ele deseja que o senhor vista a fantasia que lhe preparei. Enquanto isso, senhor, há uma garrafa de vinho Borgonha e um pouco de faisão frio, que ele espera que não os recuse, pois faltam ainda algumas horas para o jantar.

– Faisão frio é uma coisa boa – disse Syme, pensativo. – E vinho Borgonha é qualquer coisa de espetacular. Mas, a bem da verdade, preferia a todas essas coisas saber o que, diabos, tudo isso significa e que tipo de fantasia andou preparando para mim. Onde está?

O criado ergueu, de uma espécie de otomana, uma longa veste azul-pavão, com um grande sol dourado estampado na frente e, salpicadas aqui e acolá, estrelas flamejantes e crescentes.

– Deve estar vestido como Quinta-feira, senhor –- disse o criado de maneira um tanto afável.

– Vestido de Quinta-feira! – disse Syme, pensativo. – Não parece uma fantasia muito quente.

– Ah, sim, senhor – replicou o outro, ansioso. – A fantasia de Quinta-feira é bem quente, senhor. Abotoa-se até o queixo.

– Bem, não estou entendendo nada – disse Syme, suspirando. – Estou acostumado há tanto tempo a aventuras desconfortáveis que as aventuras confortáveis me deixam arrasado. Ainda assim, posso perguntar por que deveria parecer especificamente Quinta-feira, com uma veste verde salpicada em toda a sua extensão de sol e lua. A meu ver, esses astros brilham também nos outros dias. Lembro-me bem de ter visto uma vez a lua na terça-feira.

– Perdão, senhor – disse o criado. – Foi lhe fornecida também uma Bíblia. – E com um dedo respeitoso e rígido apontou uma passagem do primeiro capítulo do Gênesis. Syme leu-a, atônito. Era aquela em que o quarto dia da semana está associado à criação do sol e da lua. Aqui, porém, eles calcularam a partir de um domingo cristão.

– Isso está ficando cada vez mais enlouquecedor – disse Syme, enquanto se sentava numa cadeira. – Quem são essas pessoas que fornecem faisão frio e Borgonha, e roupas verdes e Bíblias? Fornecem tudo?

– Sim, senhor, tudo – respondeu o criado, sério. – Posso ajudá-lo a vestir sua fantasia?

– Oh, ajeite essa coisa engraçada! – disse Syme, impaciente.

Mas embora ele fingisse desprezar esse tipo de disfarce, sentiu uma curiosa liberdade e naturalidade em seus movimentos quando a vestimenta azul e dourada caiu sobre ele; e quando descobriu que precisava usar uma espada, isso despertou um sonho de menino. Ao sair do quarto, jogou as dobras pendentes sobre os ombros com um gesto, arrumou a espada de acordo com o uso e demonstrava toda a arrogância de um trovador. Pois essas fantasias não disfarçavam, mas revelavam.

CAPÍTULO XV

O ACUSADOR

Enquanto Syme caminhava pelo corredor, viu o secretário parado no topo de uma grande escadaria. O homem nunca tinha parecido tão nobre. Estava envolto numa túnica negra sem estrelas, no centro da qual caía uma tira ou uma larga faixa de branco puro, como se fosse um único raio de luz. O conjunto parecia uma vestimenta eclesiástica muito severa.

Não houve necessidade de Syme pesquisar em sua memória ou na Bíblia para se lembrar de que o primeiro dia da Criação assinalava a simples criação da luz a partir das trevas. A própria vestimenta teria sugerido o símbolo; e Syme percebeu também como a combinação de branco e preto exprimia perfeitamente a alma do pálido e austero secretário, com seu amor desenfreado pela verdade e seu frio entusiasmo, que lhe permitiam tão facilmente guerrear contra os anarquistas e ainda assim passar tão facilmente por um deles. Syme não ficou surpreso ao notar que, em meio a toda a comodidade e hospitalidade de seu novo ambiente, os olhos do secretário ainda continuavam severos. Não havia cheiro de cerveja ou de pomar que pudesse impedir o secretário de levantar uma questão racional.

Se Syme tivesse conseguido ver-se, teria percebido que também ele, pela primeira vez, se parecia consigo mesmo e com mais ninguém. Porque, se o secretário representava aquele filósofo que ama a luz original e informe, Syme era o tipo do poeta que procura sempre dar formas especiais à luz, para dividi-la em Sol e em estrelas. O filósofo pode, às vezes, amar o infinito; o poeta ama sempre o finito. Para ele, o grande momento não é a criação da luz, mas a criação do Sol e da Lua.

Ao descerem juntos a larga escadaria, alcançaram Ratcliffe, que estava vestido de verde primaveril, como um caçador, e o padrão em sua vestimenta era um emaranhado de árvores verdes. Representava o terceiro dia, em que a terra e todas as coisas verdes foram feitas, e isso condizia muito bem com seu rosto bem formado e sóbrio, de aspecto cínico, mas assim mesmo amigável.

Foram conduzidos, através de outro portão largo e baixo, para um grande e antigo jardim inglês, cheio de tochas e fogueiras, sob cuja luz fraca dançava uma imensa multidão, com os mais variados trajes. Syme parecia ver todas as formas da Natureza ali representadas em algum traje maluco. Havia um homem vestido de moinho de vento com velas enormes, um homem vestido de elefante, um homem vestido de balão; os dois últimos, juntos, pareciam uma alegoria às aventuras ridículas por que tinham passado. Syme viu até mesmo, com estranha emoção, um dançarino vestido como um enorme calau, com um bico duas vezes maior que o tamanho do corpo... o estranho pássaro que se fixara em sua imaginação como uma pergunta viva enquanto corria pela longa rua do Jardim Zoológico.

Havia milhares de outras figuras, em situação mais ou menos similar. Havia um poste de luz que dançava, uma macieira que dançava, um navio que dançava. Alguém poderia pensar que a melodia indomável de algum músico louco havia levado todos os objetos comuns do campo e das ruas a se envolver numa dança eterna. E muito tempo depois, quando Syme estava na meia-idade e em repouso, não podia ver um desses objetos em particular... um poste de luz, ou uma macieira, ou um moinho de vento... sem pensar que era um folião desgarrado daquele festival de máscaras.

Num dos lados desse gramado, repleto de dançarinos, havia uma espécie de estrado verde, como o terraço presente em semelhantes jardins antiquados.

Ao longo desse estrado, formando uma espécie de crescente, havia sete grandes cadeiras, os tronos dos sete dias. Gogol e o dr. Bull já estavam sentados; o professor estava subindo para tomar assento. Gogol, ou Terça-feira, teve sua simplicidade bem simbolizada por uma vestimenta desenhada na divisão das águas, um vestido que se separava na testa e caía aos pés, cinza e prateado, como uma cortina de chuva. O professor, cujo dia era aquele em que os pássaros e os peixes... as formas mais rudimentares de vida... tinham sido criados, exibia um vestido roxo escuro, sobre o qual se espalhavam peixes de olhos arregalados e aves tropicais exóticas, a união que nele se concluía de fantasia insondável e da dúvida. O dr. Bull, o último dia da Criação, usava um casaco coberto de animais heráldicos em vermelho e dourado; e, no alto, um homem rampante. Ele se recostou na cadeira com um largo sorriso, a imagem de um otimista em seu elemento.

Um por um, os andarilhos subiram ao estrado e se sentaram em seus estranhos assentos. Quando cada um deles se sentava, era saudado com gritos de entusiasmo pela multidão, gritos como aqueles com que as multidões recebem os reis. Taças se chocavam e tochas eram agitadas e chapéus de penas jogados para o alto. Os homens para quem esses tronos eram reservados foram coroados com louros extraordinários. Mas a cadeira central continuava vazia.

Syme estava à esquerda, e o secretário à direita. O secretário olhou para Syme por sobre o trono vazio e disse, comprimindo os lábios:

– Ainda não sabemos se ele não está morto no campo.

Quase no mesmo momento em que Syme ouvia essas palavras, viu, no mar de rostos humanos à sua frente, uma alteração terrível e bela; parecia que o céu se tivesse aberto atrás de sua cabeça. Mas Domingo passou silenciosamente pela frente como uma sombra e sentou-se na cadeira central. Estava simplesmente envolto numa túnica branca pura e terrível, e seu cabelo era como uma chama prateada em sua cabeça.

Por muito tempo – pareciam horas – aquela enorme mascarada da humanidade balançava e batia os pés na frente deles, ao som de música marcial exultante. Cada casal dançando parecia um romance diferente; podia ser uma fada dançando com uma caixa de correio ou um camponês dançando com a lua; mas cada caso era, de alguma forma, tão absurdo quanto *Alice no País das Maravilhas*[42], mas tão grave e gentil quanto uma história de amor.

Por fim, no entanto, a densa multidão começou a se dissipar. Os casais saíam a passeio pelo jardim ou começaram a se dirigir para aquela extremidade da construção, onde fumegavam, em enormes panelas, algumas misturas quentes e perfumadas de cerveja velha ou de vinho. Acima de tudo isso, sobre uma espécie de armação negra afixada no telhado da casa, ardia em cesta de ferro uma fogueira gigantesca, que iluminava a terra por milhas a seu redor. Disseminava o efeito familiar da luz do fogo sobre a face de vastas florestas cinzentas ou sombrias, e parecia encher de calor até o vazio da noite alta. Mas também essa fogueira, depois de algum tempo, foi diminuindo; os grupos dispersos passaram a se reunir cada vez mais em torno dos grandes caldeirões, ou passavam, rindo e conversando, para o interior daquele antigo casarão. Em breve, restavam no jardim apenas uns dez retardatários e, pouco depois, apenas quatro. Finalmente, o último folião desgarrado entrou correndo na casa, gritando para os companheiros. O fogo foi se apagando até se extinguir e logo surgiram, fortes e lentas, as estrelas. E os sete homens estranhos ficaram sozinhos, como sete estátuas de pedra em suas cadeiras de pedra. Nenhum deles havia dito uma palavra.

Pareciam não ter pressa em fazê-lo, mas ouviam em silêncio o zumbido dos insetos e o canto distante de um pássaro. Então

---

42 Obra de Charles Ludwige Dodgson, mais conhecido por seu pseudônimo Lewis Carroll (1832-1898), romancista, fabulista, poeta e matemático britânico. (N.T.)

Domingo falou, mas de modo tão sonhador, que parecia estar continuando uma conversa em vez de iniciá-la.

– Vamos comer e beber mais tarde – disse ele. – Agora vamos ficar juntos por algum tempo, nós que nos amamos tão tristemente e nos combatemos por tanto tempo. Parece que me lembro apenas de séculos de guerras heroicas, em que vocês sempre foram heróis... epopeia após epopeia, Ilíada após Ilíada[43]... e vocês sempre irmãos de armas. Quer tenha sido recentemente (pois o tempo não é nada) ou no começo do mundo, eu mandei vocês para a guerra. Eu me sentava na escuridão, onde não há nenhuma coisa criada, e para vocês eu era apenas uma voz que lhes incutia valor e virtude não natural. Vocês ouviam a voz no escuro e nunca mais tornaram a ouvi-la. O sol no céu a negava, a terra e o céu a negavam, toda a sabedoria humana a negava. E, quando os encontrei à luz do dia, eu mesmo a neguei.

Syme mexeu-se bruscamente na cadeira, mas, fora isso, o silêncio persistia, e o incompreensível continuou.

– Mas vocês eram homens. Não se esqueceram de sua honra secreta, embora todo o Cosmos se tivesse transformado numa máquina de tortura para arrancá-la de vocês. Sei como estiveram perto do inferno. Sei como você, Quinta-feira, cruzou armas com o rei Satanás e como você, Quarta-feira, me invocou numa hora sem esperança.

Reinava silêncio absoluto no jardim sob um céu estrelado e então o secretário, com suas sobrancelhas negras e implacável, se virou na cadeira em direção de Domingo e perguntou, com voz áspera:

– Quem e o que é você?

– Eu sou Sábado – disse o outro sem se mover. – Eu sou a paz de Deus.

O secretário se levantou e ficou amarrotando seu rico manto com as mãos.

---

43 Alusão à obra do poeta grego Homero (séc. IX a.C.) intitulada *Ilíada*, poema épico que narra a guerra de Troia. (N.T.)

– Eu sei o que você quer dizer – exclamou ele. – E é exatamente isso que não posso lhe perdoar. Sei que você é contentamento, otimismo, aquilo a que se costuma chamar de reconciliação derradeira. Bem, eu não me sinto reconciliado. Se você fosse o homem do quarto escuro, por que era também Domingo, uma ofensa à luz solar? Se você fosse desde o início nosso pai e nosso amigo, por que foi também nosso maior inimigo? Choramos, fugimos aterrorizados; o ferro penetrou até em nossas almas... e você é a paz de Deus! Oh, posso perdoar a Deus sua ira, embora tenha destruído nações; mas não posso lhe perdoar sua paz.

Domingo não respondeu uma palavra, mas muito lentamente voltou seu rosto de pedra para Syme, como para fazer uma pergunta.

– Não – disse Syme –, não me sinto tão feroz assim. Sou grato a você, não só pelo vinho e pela hospitalidade aqui, mas também por muitas e belas lutas e peripécias. Mas eu gostaria de saber. Minha alma e meu coração estão tão felizes e tranquilos aqui quanto esse velho jardim, mas minha razão ainda está clamando. Eu gostaria de saber.

Domingo olhou para Ratcliffe, cuja voz clara disse:

– Parece um verdadeiro disparate que você estivesse dos dois lados e lutasse contra si mesmo.

Bull proferiu essas breves palavras:

– Não entendo nada, mas estou feliz. Na verdade, vou dormir.

– Eu não me sinto feliz – disse o professor com a cabeça entre as mãos –, porque não compreendo nada. Você me deixou chegar perto demais do inferno.

E então Gogol, com a absoluta simplicidade de uma criança, falou:

– Eu gostaria de saber por que fiquei tão machucado.

Domingo não disse nada, mas apenas pousou seu enorme queixo entre as mãos e ficou olhando para longe. Então, finalmente, disse:

– Ouvi suas reclamações em ordem. E aqui, acho, vem mais outro a reclamar, e também o ouviremos.

A chama que diminuía na grande fogueira lançava um último e longo clarão por sobre a grama escura, como se fosse uma barra de ouro ardente. Contra essa faixa de fogo se delineavam as pernas de um vulto que avançava, vestido de preto. Parecia estar trajando um belo terno muito justo, com calças até os joelhos, como o usado pelos criados da casa, só que não era azul, mas de zibelina negra. Tinha também, como os criados, uma espécie de espada que pendia do cinto. Foi somente quando chegou bem perto do estrado dos sete e ergueu o rosto para olhar para eles que Syme percebeu, com assombrosa clareza, que se tratava do rosto largo, quase simiesco, de seu velho amigo Gregory, com seu cabelo ruivo e seu sorriso insolente.

– Gregory! – murmurou Syme, soerguendo-se um pouco de seu assento. – Ora, esse é realmente o verdadeiro anarquista!

– Sim – disse Gregory, com grande e perigosa calma. – Eu sou o verdadeiro anarquista.

– Mas houve um dia – murmurou Bull, que parecia realmente ter adormecido – em que os filhos de Deus se apresentaram diante do Senhor, e Satanás estava também entre eles.

– Tem razão – disse Gregory, e olhou ao redor. – Eu sou um destruidor. E destruiria o mundo, se pudesse.

Um sentimento de piedade, que vinha de outros paramos bem além da terra, aflorou em Syme, que o levou a falar aos borbotões e sem sequência.

– Oh, homem mais que infeliz! – exclamou ele – Tente ser feliz! Você tem cabelo ruivo como sua irmã.

– Meu cabelo ruivo, como chamas vermelhas, queimará o mundo – disse Gregory. – Achei que odiava tudo, mais do que os homens comuns podem odiar qualquer coisa; mas acho que não odeio tudo tanto quanto odeio você!

– Eu nunca o odiei – disse Syme, com muita tristeza.

Foi então que, dessa criatura ininteligível, irromperam as últimas trovoadas.

– Você! – exclamou ele. – Você nunca odiou porque nunca viveu. Eu sei o que vocês todos são, do primeiro ao último... vocês são os homens no poder! Vocês são policiais... esses sujeitos belamente gordos, homens sorridentes vestidos de azul com botões dourados! Vocês são a lei, e nunca foram subjugados. Mas existe uma alma livre viva que não deseje alquebrá-los só porque nunca foram subjugados? Nós, revoltados, falamos todo o tipo de disparates, sem dúvida, sobre esse ou aquele crime do Governo. É tudo uma loucura! O único crime do Governo é que ele governa. O pecado imperdoável do poder supremo é que ele é supremo. Eu não os amaldiçoo por serem cruéis. Eu não os amaldiçoo (embora pudesse fazê-lo) por serem gentis. Eu os amaldiçoo por estarem em segurança! Vocês tomam assento em suas cadeiras de pedra e nunca descem delas. Vocês são os sete anjos do céu e nunca tiveram preocupações. Oh, eu poderia lhes perdoar tudo, a vocês que dominam a humanidade, se soubesse que tivessem sofrido por pelo menos uma hora uma agonia real como eu...

Syme levantou-se de um salto, tremendo da cabeça aos pés.

– Agora entendo tudo – exclamou ele –, tudo o que existe. Por que cada coisa na terra guerreia contra a outra? Por que cada pequena coisa no mundo tem de lutar contra o próprio mundo? Por que uma mosca tem de lutar contra todo o universo? Por que um dente-de-leão tem de lutar contra todo o universo? Pela mesma razão pela qual tive de ficar sozinho no terrível Conselho dos Dias. Para que cada coisa que obedece à lei possa conhecer a glória e o isolamento do anarquista. Para que cada homem que luta pela ordem seja um homem tão corajoso e bom quanto o dinamiteiro. Para que a verdadeira mentira de satanás possa ser lançada no rosto desse blasfemador, a fim de que, por meio de lágrimas e de torturas, possamos ter o direito de dizer a esse homem: "Você mente!" Nenhuma agonia pode ser grande demais para obter o direito de dizer a esse acusador: "Nós também sofremos". Não é verdade que nunca fomos subjugados. Nós o fomos em incontáveis circunstâncias. Não é verdade que nunca descemos desses tronos. Descemos até o inferno. Nós nos queixávamos de misérias inesquecíveis no preciso momento em que esse homem apareceu para nos acusar insolentemente de gozarmos de felicidade. Repudio a calúnia; não temos sido felizes. Posso responder por cada um dos grandes guardiões da lei que ele acusou. Pelo menos...

Havia voltado os olhos para ver, de repente, o grande rosto de Domingo, que exibia um sorriso estranho.

– E vocês – gritou ele, com voz terrível. – Vocês já sofreram alguma vez?

Enquanto fitava o grande rosto, esse foi aumentando até um tamanho descomunal, maior ainda que a máscara colossal de Mêmnon que, em seus tempos de criança, o fazia gritar. Tornou-se cada vez maior, enchendo todo o firmamento. Depois, tudo escureceu. E somente do meio da escuridão, antes que essa destruísse completamente seu cérebro, pareceu-lhe ouvir uma voz distante, citando um texto comum que ele já ouvira em algum lugar, "Será que consegue beber do cálice que eu bebo?"

* * *

Quando os personagens dos livros acordam de uma visão, geralmente se encontram em algum lugar onde poderiam ter adormecido; bocejam numa cadeira, ou se levantam de um campo, com os membros doloridos. A experiência de Syme foi algo muito mais estranha psicologicamente, se é que de fato houve algo de irreal, no sentido terreno, em todas as coisas pelas quais passou. Pois, embora ele sempre pudesse se lembrar depois de que havia desmaiado diante do rosto de Domingo, não conseguia se lembrar de ter acordado. Só conseguia se lembrar de que, gradual e naturalmente, soube que estava e estivera caminhando por uma estrada rural com um companheiro simpático e conversador. Esse companheiro fizera parte de seu drama recente; era o poeta ruivo Gregory. Eles estavam andando como velhos amigos e estavam no meio de uma conversa sobre alguma trivialidade. Mas Syme só conseguia sentir uma flutuação antinatural em seu corpo e uma simplicidade cristalina em sua mente, que parecia ser superior a tudo o que ele dizia ou fazia. Sentiu que estava de posse de algumas boas notícias impossíveis, que tornavam todas as outras coisas uma trivialidade, mas uma trivialidade adorável.

A aurora irrompia sobre tudo em cores ao mesmo tempo claras e tímidas; como se a Natureza fizesse uma primeira tentativa de amarelo e uma primeira tentativa de rosa. Uma brisa soprava tão limpa e doce, que não se poderia pensar que soprasse do céu; deveria, antes, soprar por algum buraco no céu. Syme ficou agradavelmente surpreso ao ver surgir à sua volta, em ambos os lados da estrada, em tom vermelho, os edifícios irregulares do Parque Saffron. Não tinha ideia de que havia perambulado tão perto de Londres. Caminhou por instinto ao longo de uma estrada branca, em que os pássaros madrugadores saltitavam e cantavam, e se viu do lado de fora de um jardim cercado. Lá ele viu a irmã de Gregory, a garota de cabelo ruivo dourado, colhendo lilases antes do café da manhã, com a grande seriedade inconsciente de uma menina.